Sergio Bambaren
Die Zeit der Sternschnuppen

PIPER

Zu diesem Buch

Die klügsten Theorien haben wir heute parat, wenn es um das Firmament mit seinen blitzenden Lichtern geht. Doch keine Logik der Welt kann den romantischen Zauber einer Nacht erklären, die von funkelnden Sternbildern erhellt wird. Nichts kann die magische Kraft des Vollmonds belegen oder beweisen, wie eine einzige Sternschnuppe dafür sorgt, daß in allen Ländern der Erde gleichzeitig Träume in Erfüllung gehen und Liebende zueinanderfinden. Denn dafür braucht es viel mehr: Achtsamkeit, Hoffnung und die Bereitschaft zu glauben. Das weiß auch Chandra, ein alter Sherpa: Während einer Nacht unter freiem Himmel in fünftausend Metern Höhe weiht er den Erzähler in sein Wissen ein. Chandra offenbart ihm mehr über die Wunder des Universums, als dieser je für möglich gehalten hätte – mit den einfachsten Worten, aber der Weisheit des Herzens.

Sergio Bambaren, geboren 1960 in Peru, gelang mit »Der träumende Delphin« auf Anhieb ein internationaler Bestseller. Er gab seinen Ingenieurberuf auf und widmete sich fortan ganz dem Schreiben und seiner Leidenschaft für das Meer. Nach längerem Aufenthalt in Sydney lebt er heute wieder in Peru, engagiert sich für die Umweltschutzorganisation »Mundo Azul« und ist Vizepräsident des Non-Profit-Unternehmens »Delphis«.

Sergio Bambaren

Die Zeit der Sternschnuppen

Aus dem Englischen
von Clara Lind

Mit zehn farbigen Illustrationen
von Dave Cutler

PIPER

Mehr über unsere Autorinnen, Autoren und Bücher:
www.piper.de

Von Sergio Bambaren liegen im Piper Verlag vor:
Der träumende Delphin
Ein Strand für meine Träume
Das weiße Segel
Samantha
Der Traum des Leuchtturmwärters
Stella. Ein Weihnachtsmärchen
Die Botschaft des Meeres
Die Zeit der Sternschnuppen
Der kleine Seestern
Die Rose von Jericho
Die Bucht am Ende der Welt
Die Blaue Grotte
Die Heimkehr des träumenden Delphins
Lieber Daniel
Die beste Zeit ist jetzt
Die Stunde der Wale
Die Weisheit deines Herzens
Das Leuchten der Wüste
Das Fenster zur Sonne
Der Klang der Stille
Der kleine Fuchs und der Träumer
Die Stimme des Meeres

Unser Versprechen für mehr Nachhaltigkeit
• Klimaneutrales Produkt
• FSC®-zertifiziertes Papier
• Hergestellt in Europa

FSC www.fsc.org MIX Papier aus verantwortungsvollen Quellen FSC® C083411

Ungekürzte Taschenbuchausgabe
ISBN 978-3-492-24825-9
1. Auflage November 2006
11. Auflage Oktober 2021

Titel der englischen Originalausgabe:
»Tales from the Heavens«

Umschlaggestaltung: semper smile, München
Umschlagabbildung: Dave Cutler/Corbis
Satz: Eberl & Kœsel Studio GmbH, Krugzell
Gesetzt aus der Cochin
Druck und Bindung: CPI books GmbH, Leck
Printed in the EU

Für meinen Vater und Lehrer Carlos,
der mir gezeigt hat, wie man die Welt mit
wahrem Verständnis sieht,
und mich meine Flügel hat
ausbreiten lassen

Prolog

Zu den schönsten Dingen im Leben zählt für mich, nach einem herrlichen abendlichen Ritt auf den Wellen am Strand zu bleiben, zuzusehen, wie die Sonne im Meer versinkt, und dann allein in ehrfürchtigem Schweigen Zeuge zu werden, wie eine neue, sternenklare Nacht geboren wird. Wenn die letzten goldenen Strahlen der Sonne den Einbruch der Nacht verkündet haben, sehe ich staunend zu, wie am Himmel Dutzende, Hunderte, Tausende von funkelnden Lichtern erscheinen. Es ist, als bräuchte ich nur die Hand auszustrecken, um sie zu berühren.

Dabei haben wir in unserer wunderbaren Welt der Technik und des Wissens gelernt, daß all diese blitzenden Lichter, die die Nacht so festlich beleuchten, das Ergebnis gewaltiger thermonuklearer Explosionen sind, schrecklicher Kollisionen, die Millionen von Lichtjahren entfernt stattfinden, mit einer Energie, die größer ist als die Wirkung sämtlicher Atombomben zusammen.

Seltsame Namen hat die Naturwissenschaft ihnen gegeben: Weißer Zwerg, Roter Riese, Schwarze Löcher ...

Was sollen wir nun glauben? Haben die nackten Tatsachen den romantischen Zauber zerstört, der einst von den funkelnden Sternen und Sternbildern ausging? Ist es uns jetzt für immer verboten, zum Himmel hinaufzusehen und zu träumen?

Ich glaube nicht. Denn was immer ich auch in wissenschaftlichen Zeitschriften oder Berichten über neue Entdeckungen lese, in denen die Wunder des Firmaments auf sachliche Weise erklärt werden – mein Herz sagt mir, daß sie aus einem bestimmten Grund dort hingesetzt wurden: damit wir von Zauberwelten träumen, von den Wundern, die jeden Tag überall um uns herum geschehen.

CUTLER

Und nicht zuletzt, damit wir aus Geschichten lernen, die unser Leben verändern können, Geschichten von Menschen und anderen Wesen aus weit entfernten Regionen …

1

Vor einigen Jahren habe ich ein Kloster besucht, hoch in den Bergen des Himalaya. Es war ein schwieriger Aufstieg gewesen. Er hatte drei sengend heiße Tage mit eiskalten Nächten gedauert, und wir hatten all unsere Kräfte aufbieten müssen, um auf den Berggipfel zu gelangen, auf dem das Kloster lag. Und jetzt waren wir da, jetzt standen wir vor den Toren des Tempels.

»Wir haben den Berg bezwungen!« sagte ich zu Chandra, dem alten Sherpa.

»Den Berg bezwingt man nie. Man bezwingt nur sich selbst«, erwiderte er.

Chandra sagte, es sei eine gute Nacht, um vor den Toren der Stadt zu kampieren, und so beschlossen wir, unser Lager vor dem Kloster aufzuschlagen und am nächsten Tag zu den

Mönchen zu gehen. Wir stellten unsere Zelte auf, und als die Luft sich sehr schnell abkühlte, machten wir ein Feuer und setzten uns darum herum. Ich kochte mir Kaffee, während die Sherpas in ihren Umhängen aus Yakleder an ihrem heißen Tee nippten, bevor sie sich zur Ruhe begaben.

In jener Nacht strahlte ein Vollmond am Himmel und warf sein schimmerndes Licht auf den Tempel, der auf rätselhafte Weise in der Luft zu schweben schien, zwischen Himmel und Erde.

»Was für ein herrlicher Mond!« sagte ich. »Schau nur, wie golden er leuchtet. Als ob er aus Feuer wäre.«

»Er sieht heute sehr verführerisch aus«, antwortete Chandra. »Er wartet auf den Moment, in dem er die Sonne trifft und ihr seine Liebe zeigen kann.«

»Wie meinst du das?« fragte ich.

»Kennst du denn die Geschichte von Sonne und Mond nicht?« fragte er.

»Na ja, da, wo ich herkomme, hat man mich gelehrt, daß die Sonne nach dem Urknall durch eine große thermonukleare Explosion entstanden ist und daß der gewaltige Feuerball anfangs kosmischen Staub ins All geschleudert hat, aus dem sich dann die Planeten gebildet haben.«

»Und der Mond?« fragte Chandra.

»Hm, wenn ich mich richtig erinnere, ist der Mond entstanden, nachdem ein riesiger Asteroid auf die Erde geprallt ist und ein großes Stück herausgeschlagen hat, und aus dieser durchs All fliegenden Materie wurde schließlich der Mond.«

»Das ist es, was sie dir erzählt haben? Thermonukleare Explosionen, Asteroiden, der Urknall?«

»Ja«, sagte ich.

Chandra trank einen Schluck grünen Tee und sah dann zum Vollmond hinauf.

»Als ich klein war, hat mir der Priester des Tempels eine andere Geschichte über die Erschaffung von Sonne und Mond erzählt. Eine Geschichte von wahrer und ewiger Liebe.«

»Aber daran glaubst du doch nicht, oder?« fragte ich.

»Doch«, sagte er. »Und nachdem ich dich von Urknall, Asteroiden und kosmischer Materie habe reden hören, erst recht. Aber ich respektiere deinen Glauben. Gute Nacht.« Er trank seinen Tee aus und deckte sich mit dem Leder zu, um sich gegen die Kälte der Nacht zu schützen.

Ich starrte lange ins Feuer. Es war genauso golden wie der Mond.

Ich konnte nicht schlafen. Ich mußte Chandra wecken.

»Chandra? Chandra?«

»Was ist denn, mein Freund?«

»Bist du noch wach?«

»Na ja, jetzt bin ich es«, sagte er.

»Chandra ...?«

»Ja?«

»Kannst du mir die Geschichte von Sonne und Mond erzählen, die du als Kind gehört hast?«

Er lächelte. »Ich wußte, du würdest mich das früher oder später fragen, aber ich hätte nicht gedacht, daß es schon so bald sein würde.« Er setzte sich hin und starrte in den Himmel.

»Das liegt am Ort«, sagte er schließlich.

»Am Ort?«

»Ja«, sagte er. »Wenn man hier draußen in den Bergen schläft, unter all den Sternen und dem Mond, hat man das Gefühl, daß alles möglich ist. Weit weg von der Gesellschaft öffnet unsere Seele sich für die wahren Wunder der Welt, und vieles, was zu sein scheint, ist nicht mehr.«

Er nahm den heißen Kessel vom Feuer, schenkte sich Tee ein und trank einen Schluck. Dann füllte er eine zweite Tasse und gab sie mir.

»Bist du bereit, die wahre Geschichte von Sonne und Mond und ihrer Erschaffung zu hören?«

»Ja.«

»Gut«, sagte er. »Dann schließ die Augen, und hör gut zu.« Er kam herüber und setzte sich neben mich.

Die wahre Geschichte von Sonne und Mond

Vor vielen tausend Jahren, lange bevor die Großeltern meiner Großeltern geboren wurden, lange bevor die Fische und die Vögel unbehelligt durch die Meere und die Lüfte zogen, lange bevor es die Meere gab, ja bevor die Erde erschaffen wurde, war die Sonne das einzige, was existierte. Vor ihr hatte es nichts gegeben, zumindest nicht in diesem Teil des Alls.

Die Sonne war stark und kam sich sehr weise vor. Sie hielt sich für sehr mächtig und glaubte, nichts könne mit ihrer Macht konkurrieren. Aber zugleich war der Sonne klar, daß sie ewig leben würde, und bei all ihrer Stärke und all ihrem Stolz merkte sie doch, sie würde bis in alle Ewigkeit allein sein. Anfangs machte ihr das nichts weiter aus, doch während Tausende und Abertausende von Jahren vergingen, schwand ihr Stolz allmählich dahin. Sie wußte immer noch, daß sie das mächtigste Wesen am Himmel war, doch sie begann etwas zu empfinden, was sie noch nie empfunden hatte. Zum erstenmal seit dem Beginn aller Zeiten fühlte die Sonne sich einsam. Und diese Einsamkeit bereitete ihr einen Schmerz, den sie noch nie verspürt hatte. Es war das erste Mal, daß die Sonne begriff, wie wenig ihre Kraft, ihre Wärme und ihre Energie wert waren, wenn sie diese nur dazu benutzen konnte, ihren Stolz zu nähren.

Anfangs versuchte die Sonne das Gefühl von Einsamkeit zu überwinden, doch je mehr sie dagegen ankämpfte, desto stärker wurde es. Die Sonne wußte nicht, daß sie auch ein Herz hatte und daß sie früher oder später begreifen würde, daß dieses Herz sie auf die wunderbarste Reise schicken würde, die es gab: die Reise der Liebe.

Noch viele Jahre lang kämpfte die Sonne gegen dieses Gefühl an, das sie so traurig machte, so einsam. Aber es kam die Zeit, da sie die furchtbare Last der Gewißheit, ewig so einsam weiterzuleben, nicht mehr ertragen konnte.

Eines Nachts flog ein Komet dicht an der Sonne vorbei. Als er näher kam, grüßte er die Sonne.

»Hallo, Sonne«, sagte er.

»Wer bist du?«

»Ich bin ein Komet.«

»Ein Komet?« fragte die Sonne.

»Ja. Ich reise nun schon lange durch das ganze All und bestaune voller Ehrfurcht all die wunderbaren Werke, die überall im Kosmos verstreut sind.«

»Aber sicher hast du noch nie etwas gesehen, das so stark und mächtig ist wie ich!« sagte die Sonne.

Der Komet lächelte. Er wollte die Sonne nicht verletzen, darum sagte er nicht, daß er andere Sonnen gesehen hatte, die tausendmal größer und stärker waren als sie.

»Nein, so etwas habe ich noch nie gesehen«, bestätigte er.

»Natürlich nicht«, sagte die Sonne. »Denn niemand ist so mächtig wie ich.«

»Und so einsam ...«

Die Sonne sah den Kometen an. »Wie meinst du das?«

»Du weißt genau, was ich meine«, sagte er. »An der Farbe deiner Glut kann ich sehen, daß du nur aus Stolz die Leere leugnest, die langsam, aber sicher dein Herz auffrißt. Du solltest etwas dagegen tun.«

»Ich brauche nichts! Nicht einmal dich!« sagte die Sonne. »Ich habe alles, was ich brauche.« Die Farbe der Sonne ging von blaßgelb in ein leuchtendes Rot über.

»Natürlich, Sonne«, antwortete der Komet. »Tja, dann werde ich dich nicht weiter stören und meine Reise fortsetzen. War nett, dich kennenzulernen. Ich hoffe, wir sehen uns wieder, wenn ich in ein paar Millionen Jahren erneut vorbeikomme. Bis dann.«

»Bis dann«, sagte die Sonne. Aber plötzlich wurde ihr klar, was das bedeutete: wieder ein paar Millionen Jahre allein! Was würde sie in dieser Zeit tun? Sie wußte, sie war die mächtigste von allen, aber würde sie die Einsamkeit nochmals so lange ertragen?

»Halt, warte mal!« rief sie dem Kometen nach.

Der Komet hielt an. »Was ist denn, Sonne?« fragte er.

»Ich weiß nicht, warum«, sagte sie, »aber mir ist gerade klargeworden, daß es unerträglich wäre, so lange allein zu sein. Was kann ich dagegen tun?«

»Du fühlst dich einsam?«

»Na ja, manchmal schon.«

Der Komet starrte die Sonne an, und trotz der großen Hitze und all dem Licht spürte der Komet die Traurigkeit, die das Gestirn umgab.

»Sonne?«

»Ja?«

»Auf meinen Reisen durch das All habe ich schon andere Sonnen gesehen, so wie du, die von Planeten umgeben sind. Sie sind so etwas wie ihre Kinder.«

»Planeten? Was ist ein Planet?«

»Nun, es scheint, daß diese Sonnen an einem bestimmten Punkt in ihrem ewigen Leben – manche waren jünger, manche schon älter als du – zu dem Schluß gekommen sind, daß die Einsamkeit und die Stille, in der sie bis dahin gelebt haben, unerträglich sind und sie lieber etwas von ihrer Stärke und Macht abgeben, um Planeten zu erschaffen und nie mehr einsam zu sein. Aber das hat seinen Preis.«

»Was für einen Preis?«

»Nun, um Planeten zu erschaffen, brauchst du so viel Kraft, daß du nicht mehr ewig leben kannst. Nur noch ein paar Milliarden Jahre. Mehr nicht.«

Die Sonne schwieg. Sie dachte nach. »Was hat meine Kraft für einen Sinn, wenn ich sie nicht mit anderen teilen kann?«

Der Komet lächelte. »Genau«, sagte er.

»Aber wie mache ich das?« fragte die Sonne.

»Was?«

»Planeten erschaffen.«

»Das wirst du schon wissen, wenn es soweit ist«, sagte der Komet. »Jetzt muß ich weiter.« Und er schoß davon. Dabei zog er einen silbernen Schweif hinter sich her, der Tausende von Kilometern lang war und so strahlend hell und schön, daß die Sonne nur voll Ehrfurcht staunen konnte, was der kleine Komet hinterließ.

Noch viele tausend Jahre lang dachte die Sonne über die Worte des Kometen nach. Angestrengt konzentrierte sie sich auf die Frage, wie sie Planeten erschaffen sollte, aber ohne Erfolg. Doch eines Tages erkannte sie, welche Kraft in ihrem Licht lag. Sie begann sich zu drehen, schneller und immer schneller, bis man sie kaum noch sah. Die Farbe der Sonne veränderte sich, und sie fing an, sich weiter und weiter auszudehnen. Auf einmal sah man von allen Enden des Kosmos eine riesige Explosion, und von der Sonne begannen sich kleine Stücke abzulösen. Sie flogen von der Sonne weg und ordneten sich in verschiedenen Abständen zu ihr an.

Doch nachdem sie zum erstenmal einen Teil ihrer Kraft hatte entweichen lassen, wurde die Sonne unendlich müde. Die Anstrengung war so groß gewesen, daß sie mehrere tausend Jahre lang schlafen mußte.

Und weil sie schlief, merkte die Sonne gar nicht, daß aus der Einsamkeit, die sie zu einem so drastischen Entschluß getrieben hatte, ein Wunder geboren worden war. Die kleinen Stücke, die einst Teil der Sonne gewesen waren, hatten sich abgekühlt und umringten sie.

Aus den Stücken waren Planeten geworden, Kinder der Sonne, die dafür sorgen würden, daß sie nie wieder einsam wäre.

Als die Sonne schließlich erwachte und die Augen aufschlug, sah sie voller Erstaunen, wie all diese Planeten sie umkreisten. Sie selbst besaßen kein Licht: Sie brauchten das Licht der Sonne. Zum erstenmal in ihrem Leben kam die Sonne sich nützlich vor. Sie wußte jetzt, daß sie für diese kleinen Himmelskörper, die um sie kreisten, Sorge tragen mußte, und dadurch hatte die Sonne zum erstenmal das Gefühl, nicht allein zu sein. Und sie war glücklich.

Doch von all den Planeten, die sie umgaben, interessierte sie sich besonders für den, der ihr am nächsten war. Er war strahlend blau und schien etwas ganz Besonderes zu sein. Er leuchtete auf eine andere Weise als die Sonne. Seine Oberfläche schien mit weißer Watte und Fetzen von schimmerndem Blau bedeckt zu sein, selbst dort, wo sie am dunkelsten war.

Auch wenn die Sonne es noch nicht wußte, hatte sie nicht nur neue Welten hervorgebracht. Sie hatte noch etwas anderes geschaffen. Dank der Wärme und dem Licht, das die Sonne spendete, genoß diese kleine blaue, merkwürdig schöne Welt das Privileg, eines der größten Wunder des Alls zu beherbergen: das Wunder des Lebens.

Viele Äonen vergingen, und auch wenn die Sonne sich darüber freute, von so vielen Planeten umgeben zu sein, sprachen die Planeten doch nicht mit ihr. Sie wunderte sich sehr.

Wenn es sie so viel Mühe gekostet hatte, sich mit anderen Himmelskörpern zu umgeben, warum hatte sie dann nicht das Gefühl, Gesellschaft zu haben?

Doch in diesen Millionen von Jahren hatte der neue blaue Planet sich mit allen möglichen Arten von wunderbaren Wesen angefüllt: Grüne Wiesen bedeckten seine Oberfläche, und kristallklare Flüsse schlängelten sich durch die saftigen Täler. Myriaden von verschiedenen Geschöpfen lebten in den Meeren und Lüften, während andere die Wüsten und Wälder durchstreiften, die mit Hilfe der Sonne entstanden waren.

Doch die Sonne hatte von alldem keine Ahnung und fühlte sich weiterhin einsam.

Eines Tages kehrte der Komet zurück, den die Sonne vor langer Zeit gesehen hatte. Der Komet erblickte die Sonne und grüßte sie.

»Hallo, Sonne.«

»Hallo, Komet.«

»Du mußt jetzt sehr glücklich sein, da du von so vielen Planeten umgeben bist!«

»Eigentlich nicht«, sagte die Sonne.

»Warum denn nicht?« fragte der Komet.

»Ich fühle mich immer noch sehr einsam. Ich kann mich mit den Planeten nicht verständigen.«

»Ich will sehen, was ich tun kann«, sagte der Komet und strebte auf den blauen Planeten zu, den er entdeckt hatte, während er auf die Sonne zuschoß.

Der Komet flog sehr dicht an der Erde vorbei und bestaunte voller Ehrfurcht all die wunderbaren Lebensformen, die die Sonne im Austausch gegen ihr ewiges Dasein geschaffen hatte. Er freute sich sehr für die vielen Geschöpfe der Erde, doch die Sonne tat ihm sehr leid. Darum rief er eines Nachts alle Erdbewohner zusammen und sprach zu ihnen.

»Ihr wunderbaren Wesen! Ihr seid mit dem Leben gesegnet, weil die Sonne auf die Ewigkeit verzichtet hat, um euch zu erschaffen, um euch das Leben zu schenken mit all den Wundern, die es bereithält. Aber die Sonne ist sehr traurig, und ich fürchte, daß sie durch ihre Traurigkeit ihre strahlende Helle verlieren wird. Und wenn die Sonne ihre Leuchtkraft verliert, dann werdet ihr alle untergehen, denn es ist die Sonne, die euch am Leben hält.«

»Was können wir dagegen tun?« fragten die Geschöpfe der Erde.

»Wir könnten der Sonne ein Geschenk machen«, sagte der Komet. »Ich gebe euch ein Jahr, um euch auf einer Seite der Erde zu versammeln. Tut, was ich euch sage, und auch wenn einige von euch dabei sterben werden, wird es uns so doch gelingen, der Sonne einen Grund zu geben fortzubestehen, und alle Arten werden überleben.«

Ein Jahr verging, und sämtliche Geschöpfe der Erde folgten dem Rat des Kometen. Als das Jahr herum war, kehrte der Komet zurück und machte sich daran, das Geschenk für die Sonne zu erschaffen. Er änderte seine Flugbahn, steuerte direkt auf die Erde zu und schlug mit all seiner Kraft in den Erdboden ein. Die Erde erbebte wie nie zuvor, und ihre Bewohner bekamen schreckliche Angst und dachten, sie würden sterben. Doch als der Komet einschlug, verschmolz er mit der Erde, und als er schließlich zurückprallte, riß er einen Teil von ihr mit sich. Er entfernte sich ein Stück weit und blieb plötzlich stehen. Dann begann er, die merkwürdige blaue Erde mit dem Wunder des Lebens darauf zu umkreisen.

✫

»Ich bin der Mond«, sagte der neue Planet, der den dritten Planeten auf seiner Bahn rund um die Sonne umkreiste. »Und dank dir, Sonne, leuchte ich jetzt mit deinem Licht.«

Die Sonne verriet dem Mond nicht, daß sie ihr ewiges Leben geopfert hatte, um nicht mehr allein zu sein.

»Sonne?«

»Ja, Mond?«

»Das Licht einer Kerze verliert nicht an Helligkeit, wenn es andere Kerzen ansteckt.«

Die Sonne staunte. Niemand hatte je mit solcher Zärtlichkeit, solcher Wärme zu ihr gesprochen. Und zum erstenmal in ihrem Leben fühlte die Sonne sich nicht nur nicht einsam, sondern sogar geliebt. Der Mond bemerkte, wie sich die Temperatur der Sonne veränderte, und wußte, daß er dieses seltsame, herrliche Gefühl in ihr hervorgerufen hatte.

»Ich hatte große Angst, für immer allein zu sein, Mond«, sagte die Sonne. »Aber jetzt, durch dich, weiß ich, daß ich nie mehr einsam sein werde.«

Die Sonne versuchte, sich dem Mond zu nähern.

»Nein!« rief er. »Tu das nicht!«

»Warum nicht?« fragte die Sonne. »Ist etwas falsch daran, wenn ich dich berühren will?«

»Du weißt es vielleicht nicht, aber deine Wärme ist so stark, daß ich schmelze, wenn du mir zu nahe kommst. Außerdem würdest du all die wunderbaren Planeten zerstören, die dich umringen und dir Gesellschaft leisten. Vor allem sieh dir an, was du für den Planeten getan hast, um den ich kreise. Ist dir an ihm noch nichts Besonderes aufgefallen?«

Die Sonne starrte den Planeten an. Er war strahlend blau.

»Warum hat er diese Farbe?« fragte die Sonne.

»Liebe Sonne, du hast so viel von dir selbst gegeben, um uns zu erschaffen, daß auf diesem einen Planeten all die richtigen Bedingungen zusammengekommen sind, um das größte aller Wunder hervorzubringen: das Wunder des Lebens.«

»Aber das heißt, ich werde dich niemals berühren können?« fragte die Sonne.

»Ich wünschte, meine liebe Sonne, ich könnte dir sagen, daß das möglich ist, daß der Schmerz darüber, nicht ganz nah beieinander sein zu können, mit der Zeit vergehen wird, aber ich weiß, das wird nicht so sein. Er wird uns für den Rest unseres Lebens begleiten und uns daran erinnern, wie stark wahre Liebe ist.«

»Liebe?« fragte die Sonne.

Der Mond sah die Sonne an: »Sonne, ich liebe dich so sehr, daß ich, wenn ich auf der anderen Seite der Erde – des blauen Planeten – bin und dich nicht sehen kann, die Augen schließe und von dir träume. Und wenn ich dank deines starken Lichts wieder scheine, fühlt deine Wärme sich an wie eine zärtliche Hand auf meiner Brust.«

Ein Schauder überlief die Sonne, und sie erkannte, daß dieses neue Gefühl, das sie empfand, ihr Augenblicke wahrer Erleuchtung schenken würde, Augenblicke der Freude – und des Leids.

»Sonne?«

»Ja, Mond?«

»Kannst du ein Geheimnis bewahren?«

»Ja?«

Der Mond blickte die Sonne erneut voll Liebe an.

»Ich heiße jetzt Mond«, sagte er. »Aber eigentlich bin ich der Komet, der dich vor vielen Jahren aufgefordert hat, Planeten zu erschaffen, damit du nicht länger so einsam bist. Und als ich sah, daß du auf die Ewigkeit verzichtet hast, um nie mehr allein zu sein, habe ich mich in dich verliebt. Und ich habe mir geschworen, das nächste Mal, wenn ich vorbeikommen würde, in deiner Nähe zu bleiben, damit wir für den Rest unseres Leben zusammensein können. Und weißt du noch etwas, Sonne?«

»Was?«

»Auch ich habe auf die Ewigkeit verzichtet, um in deiner Nähe zu sein. Und ich weiß, ich werde es nie bereuen.«

Zum erstenmal in ihrem Leben vergoß die Sonne Tropfen ihrer Glut, wie Tränen.

»Danke, Mond. Ich werde dich immer lieben, genausosehr wie du mich.«

»Ich weiß«, sagte der Mond. Er sah traurig aus. »Wir werden nur selten zusammensein können«, sagte er, »und auch wenn deine Wärme mich am Leben halten wird, muß ich doch dicht bei der Erde bleiben, um den Sinn des Lebens und der Liebe nicht zu vergessen. Ich werde auf die wunderbare Welt blicken, die du geschaffen hast, und dir immer davon erzählen.«

Die Sonne war glücklich, aber auch ein bißchen traurig. »Ich werde stets dasein, Mond, und auf dich warten.«

Chandra schenkte sich noch einmal Tee ein und setzte sich dann wieder hin.

Ich war verwirrt. »Das ist eine schöne Geschichte«, sagte ich. »Aber ich verstehe das nicht. Du sagst, Sonne und Mond sind ein Liebespaar, aber sie sind doch nie zusammen. Wie kann das sein?«

»Weißt du, was morgen für ein Tag ist?« fragte Chandra.

»Ja, Sonntag«, antwortete ich.

»Das stimmt«, sagte er. »Aber kein gewöhnlicher Sonntag. Es ist ein Tag, der dir deine Frage beantworten wird.«

Am nächsten Morgen gingen wir in den Tempel. Die Mönche begrüßten uns. Sie kannten

Chandra gut und luden uns zu den Morgengebeten ein. Wir verbrachten den ganzen Vormittag im Tempel, während ich mir immer noch den Kopf zerbrach über die Sonne und den Mond. Auf einmal merkte ich, daß es draußen dunkler wurde.

Chandra sah mich an. »Es ist Zeit«, sagte er.

»Zeit wofür?« fragte ich.

»Zeit, deine Frage zu beantworten. Komm mit.« Zusammen mit den Mönchen traten wir auf den Balkon des Tempels.

»Sieh hinauf zum Himmel«, forderte Chandra mich auf. Ich tat wie geheißen.

Der Mond hatte begonnen, sich langsam über die Sonne zu schieben. Ein paar Minuten lang bewegte er sich behutsam weiter, bis er sie ganz bedeckte. Der Tag wurde zur Nacht, und man sah nur noch den strahlenden Umriß der Sonne, der den Mond mit einem sanften Funkeln umgab. Beide standen gleich groß am Himmel.

Chandra lächelte. »Die Sonne und der Mond haben einander umarmt, und wenn ihre Vereinigung auch nur ein paar Minuten dauert, wird dies doch reichen, um ihre Liebe weiter wachsen zu lassen, bis sie wieder zusammensein können – wahrscheinlich in zwanzig oder dreißig Jahren.

Jetzt lieben sie sich«, fuhr Chandra fort. »Während der Sonnenfinsternisse können die Sonne und der Mond zusammensein. Wir werden niemals wissen, welche Liebesworte sie einander zuflüstern. Aber wir sollten nie vergessen, daß es während der Dauer eines Menschenlebens nur wenige solche Momente gibt – sie sind einzigartig. Sie finden statt, wenn die Sonne und der Mond sich in Liebe umarmen und all die Wunder vergessen, die dadurch entstanden sind, daß sie auf die Ewigkeit verzichtet haben, damit wir all das genießen können, was das Leben für uns bereithält. Diese magischen Augenblicke sollten wir immer achten.«

Das ist die Geschichte, die mir ein alter, weiser Sherpa von der Sonne, den Planeten und dem Mond erzählt hat.

Ich habe den Urknall nicht vergessen, und die Vorstellung erscheint mir immer noch sinnvoll. Aber wenn ich an die Geschichte denke, die Chandra mir auf den Höhen des Himalaya erzählt hat, sehe ich wieder hinauf zum Himmel, und ein seltsamer Schauder überläuft mich. Und dann weiß ich, daß diese Geschichte kein Unsinn ist …

2

Haben Sie schon einmal eine Sternschnuppe gesehen?

Wenn ja, dann wissen Sie, daß sie nur ein paar Sekunden lang am Firmament erscheint. Doch während dieser paar Sekunden strahlt sie heller als alle anderen Sterne am Himmel. Und während sie den Himmel überquert, halten die übrigen Sterne einen Moment lang inne, um ihr staunend nachzublicken. Genau wie all die Menschen, die, von ihrem Zauber gebannt, hoffen, daß ein scheinbar unerfüllbarer Wunsch in Erfüllung geht …

Sternschnuppen

Behutsam schloß Brad die Tür seines neuen Range Rovers. Er hatte den Jeep erst vor einer Woche gekauft, und wie viele Autofanatiker konnte er der Versuchung nicht widerstehen, den Wagen für immer in seinem funkelnagelneuen Zustand zu erhalten.

Zum zehntenmal an diesem Tag öffnete er die Kühlerhaube, nur um sicherzugehen, daß die Flüssigkeiten alle genau auf dem richtigen Stand waren. Er begann mit dem Öl. Es sah sauber aus und viskos. Dann überprüfte er die Bremsflüssigkeit: perfekt. Der Spiegel der dunklen, öligen Flüssigkeit lag genau in der Mitte zwischen der Nachfüllmarke und dem Maximum. Das Wasser für das Kühlsystem machte einen sauberen Eindruck, ebenso wie die Getriebeflüssigkeit.

Wie erwartet, war alles in Ordnung. Er lächelte.

Doch als er die Kühlerhaube vorsichtig schloß, verschwand sein Lächeln plötzlich aus seinem Gesicht, und Traurigkeit erfüllte sein Herz. Nachdem er vor seinem schönen, neugotischen Haus in einem Vorort von Boston seinen Wagen überprüft hatte, sah sich Brad Martin, ein brillanter Ingenieur, der mit seinen vierunddreißig Jahren eine vielversprechende berufliche Zukunft vor sich hatte, schlagartig in die traurige Realität zurückversetzt.

Brad Martin war ein sehr einsamer Mann. Er hatte nicht etwa beschlossen, allein zu leben, und er gehörte durchaus nicht zu denen, die keine Kinder großziehen wollen. Vielmehr hatte er während all der Jahre, in denen er so hart gearbeitet hatte, gar nicht mehr daran gedacht, sich eine Lebensgefährtin zu suchen, in dem Glauben, die Liebe werde eines Tages wie ein Wunder vor seiner Tür stehen und alles werde sich von selbst ergeben.

Brad hatte viele gute Eigenschaften: Er war ein anständiger, arbeitsamer Mann, der seine

Freunde nie im Stich ließ, und ein guter Kumpel. Er trieb viel Sport: Besonders gern ging er auf den wunderbaren Wegen am Charles River joggen. Aber er haßte es, neue Leute kennenzulernen, vor allem Frauen, aus einem einfachen, aber sehr wichtigen Grund: Er war furchtbar schüchtern. Jedesmal, wenn eine Frau ihn ansprach, begannen seine Hände zu schwitzen, und sein Herz schlug schneller, während das Adrenalin ihm das Denkvermögen raubte. Und dieser brillante Ingenieur, der sein Leben so gut im Griff zu haben schien, geriet ins Stammeln, wußte nicht, wie er ein Gespräch beginnen sollte, oder murmelte gar etwas, das die Frauen erschrocken flüchten ließ. Seine Schüchternheit, mit der er seit seiner Kindheit lebte, brachte viele Menschen um die Gelegenheit, diesen sanftmütigen Mann kennenzulernen.

Schüchternheit ist nichts anderes als die Angst, abgelehnt, nicht akzeptiert zu werden, ein Zurückschrecken vor der Gefahr, ein gebrochenes Herz davonzutragen. Brad wußte das alles sehr gut, und dennoch zog er es vor, in seiner einsamen Welt zu leben – wie zigtausend andere Männer und Frauen in Boston, die zuviel Angst haben, um der Liebe eine Chance zu geben, um sich aufzumachen und auf sie zuzugehen, anstatt verzweifelt darauf zu warten, daß ein Wunder geschieht.

Wie all die anderen, die genauso waren wie er – in Boston oder irgendeiner Stadt auf der Welt –, führte Brad Martin ein sehr einsames Leben, umgeben von einer hohen Mauer, die keinen Schmerz an ihn heranließ, aber auch die Liebe nicht, die nur darauf wartete, daß er die Hand nach ihr ausstreckte.

✵

Kirsten Saunders warf noch einen letzten Blick auf die schwarze Aktenmappe, die auf ihrem Eichenschreibtisch vor ihr lag. Als Anwältin bei der Bostoner Justizbehörde arbeitete sie seit drei Monaten an einem Fall von Veruntreuung öffentlicher Gelder. Sie glaubte, kurz davor zu stehen, einen großen Skandal aufzudecken, der viele wichtige Mitglieder der

Bostoner Gesellschaft und mehrere Inhaber hoher öffentlicher Ämter bloßstellen würde. Bei ihrem Hochschulabschluß hatte sie den Eid geleistet, das Recht zu schützen und nach bestem Wissen und Gewissen danach zu handeln, und darum würde sie den Fall bis zum bitteren Ende verfolgen.

Nachdem sie noch ein wenig aufgeräumt hatte, beschloß sie, endlich nach Hause zu gehen. Es war drei Uhr morgens – keine ungewöhnliche Zeit für diese wunderbare Frau, die so oft bis in die Nacht hinein arbeitete, doch sie mußte früh am nächsten Morgen wieder im Büro sein und deshalb jetzt schlafen gehen. Sie fuhr mit dem Aufzug hinunter in die Tiefgarage. Als Angestellte im öffentlichen Dienst verdiente Kirsten nicht viel, aber sie fand, daß es wichtigere Dinge gab als Geld, etwa den Armen zu helfen oder Skandale wie die Abzweigung öffentlicher Gelder zu irgendwelchen dunklen Zwecken aufzudecken. Das Volk hatte ein Recht darauf, geschützt zu werden.

Kirsten fuhr zu dem Mietshauskomplex, in dem sie seit acht Jahren wohnte. Ihre Wohnung lag neun Kilometer von ihrem Büro entfernt, nicht weit vom Meer. Sie fuhr immer langsamer, und das wehmütige Gefühl, das sie so gut kannte, begann in ihr aufzusteigen, wie es seit einigen Monaten jeden Abend geschah.

Sie wußte, daß sie am Ende ihres Heimwegs wieder der Realität jenes leeren, kalten Ortes ins Gesicht würde sehen müssen, den sie ihr Zuhause nannte – ein Ort, an dem niemand auf sie wartete. Kirsten war einunddreißig und hatte das Gefühl, daß das Leben an ihr vorbeiging. Ihre Angst vor der Einsamkeit wuchs, Angst, die Chance zu einem wunderbaren, erfüllten Leben mit einem anderen Menschen zu verpassen.

Wo war ihr Märchenprinz? Wartete er in einem schönen Schloß, bereit, auf sein weißes Pferd zu springen und plötzlich vor Kirstens Tür zu stehen? So sollte es doch eigentlich sein, nicht wahr? Denn sollte die Liebe nicht etwas Magisches sein, das große Happy-End?

Schließlich traf sie in ihrer Wohnung ein. Kein Prinz, kein weißes Pferd. Nur der schwache Lichtschein einer kleinen Lampe, die Kirsten angelassen hatte, um am Ende des Tages nicht an einen dunklen, einsamen Ort zurückzukehren. Dieses schwache Licht war für sie eine Art Hoffnungsschimmer, ein Zeichen, daß dieser ganz besondere Mensch eines Tages vielleicht doch noch an ihre Tür klopfen würde.

Aber heute war offenbar nicht dieser Tag, und sie war müde. Sie zog die Schuhe aus, warf sich aufs Bett und schlief sofort ein. So war es einfacher. Im Schlaf nahm sie den Schmerz ihrer Einsamkeit nicht wahr, und genau wie Brad Martin, der erfolgreiche, aber einsame Ingenieur, hatte auch Kirsten Saunders ihre Welt mit einer so hohen Mauer umgeben, daß die Liebe sie nicht mehr erreichte.

Doch eines Abends, in einer sternenklaren Nacht am Meer, saßen Brad Martin und Kirsten Saunders auf den Dächern ihrer Häuser und starrten, jeder in seiner eigenen einsamen Welt, in den Himmel.

Auf einmal sahen beide eine Sternschnuppe übers Firmament fliegen, und beide verspürten denselben seltsamen Drang, sich etwas zu wünschen. Vielleicht würde ein Wunder geschehen und sie würden den Menschen finden, den sie in ihrer Welt so verzweifelt vermißten: jenen besonderen Menschen, der all ihrem Tun Bedeutung verleihen, der ein Leben voll Glück und Traurigkeit, voller Wunder und Herausforderungen mit ihnen teilen würde.

Brad Martin dachte, daß er jetzt wirklich albern wurde. Wie konnte ein an eine Sternschnuppe gerichteter Wunsch die Antwort auf seine Gebete sein? Wie sollte ihm das helfen, die Liebe seines Lebens zu finden? Lautlos stand er auf und ging in sein schönes Haus. Er wußte, daß ein anstrengender Tag vor ihm lag – er sollte seinen Kummer lieber vergessen und anfangen, den morgigen Tag zu planen.

Am anderen Ende der Stadt trank Kirsten Saunders einen großen Schluck Rotwein und mußte dann plötzlich lachen. War sie so eine Versagerin, daß sie jetzt schon dachte, eine Sternschnuppe würde ihr Liebesleben einren-

ken? Sie war sich ziemlich sicher, daß die richtige Zeit für die Liebe bereits hinter ihr lag, und so tat sie das, was sie immer tat: Sie ging zurück zu dem turmhohen Stapel Akten, der in ihrem Schlafzimmer auf sie wartete, und half mit, das Leben anderer Leute wieder ins reine zu bringen, ohne daß sie ihr eigenes hätte ins reine bringen können. Seit die Arbeit ihr auch noch die Zeit raubte, in der sie sonst am Charles River radgefahren war, war sie unzufriedener mit sich denn je.

Aber Brad und Kirsten hatten, ohne es zu merken, die zwei wichtigsten Dinge dafür getan, daß jener Wunsch in Erfüllung gehen kann: Sie hatten, und sei es nur für eine Sekunde, daran geglaubt, daß es möglich war. Und vor allem hatten sie, als sie die Sternschnuppe sahen und sich etwas wünschten, um Hilfe gebeten – darum, daß jemand oder etwas ihnen den Weg wies und ihnen zeigte, daß die wahre Liebe meist nicht einfach zu uns kommt. Wir müssen uns auf die Suche nach ihr machen.

Als Brad und Kirsten der Sternschnuppe ihren Wunsch verrieten, hatten vier Millionen Lichtjahre von der Erde entfernt gerade zwei funkelnde Sterne Dienst, die seit mehr als hundert Millionen Jahren eng befreundet waren. Sie staunten, daß die beiden Wünsche übereinstimmten.

»Kannst du dir das vorstellen?« fragte Adhara, die ältere von beiden, ihre Freundin Mizar. »Da bitten uns also die Menschen mal wieder um Hilfe. Warum ist es für sie nur so schwer zu begreifen, daß sie ihr Schicksal selbst in die Hand nehmen müssen – daß sie das Leben schon in einen sicheren Hafen führen wird, wenn sie sich ernsthaft um das bemühen, was sie sich wünschen?«

»Keine Ahnung«, antwortete Mizar. »Ich nehme an, den Menschen ist oft nicht klar, daß das Leben sie manchmal in Situationen bringt, in denen sie um das, was sie wollen, kämpfen müssen.«

»Wahrscheinlich hast du recht«, erwiderte Adhara. »Aber es ist gut zu wissen, daß manche Menschen das Glück immer noch an den entlegensten Orten suchen, selbst wenn alles um sie herum ihnen sagt, daß sie es niemals finden werden.«

»Glaube«, fügte Mizar hinzu. »Was für ein wunderbares Gefühl! An etwas zu glauben, selbst wenn es nicht den geringsten Beweis dafür gibt.«

»Also, was sollen wir tun?« fragte Adhara.

»Ich weiß nicht recht«, antwortete Mizar. »Hast du eine Idee?«

»Hm ... Wir dürfen sie ja leider nicht direkt zusammenbringen. Das wäre gegen die Regeln der wahren Liebe. Aber wenn wir erreichen könnten, daß sie, geleitet von Liebe und Glaube, etwas tun, wodurch sie einander schließlich kennenlernen ...«

»Du meinst, ihnen versteckte Hinweise geben?« fragte Mizar.

»So was in der Art.«

Mizar sah Adhara prüfend an. »Wie wär's, wenn wir Capella auf die Erde schicken, um diesen beiden wunderbaren, einsamen Menschen zu helfen?«

»Ich weiß nicht. Glaubst du wirklich, Capella wird ihnen helfen?«

Mizar lächelte. »Erinnerst du dich, was letztesmal passiert ist, als Capella auf die Erde geschickt wurde?«

»Ja.« Jetzt lächelte Adhara. »Ich weiß noch, wie einsam und verloren Capella sich gefühlt hat, weil sie nicht wußte, was der Zweck ihrer Reise war.«

»Ihr hat einfach der Glaube gefehlt.«

»Ja«, sagte Adhara. »Das ist schon lange her.«

»Gut zweitausend Jahre, um genau zu sein. Capella wurde zu dieser kleinen Stadt mitten in der Wüste geschickt, um einen Stall zu erleuchten, in dem ein Kind geboren wurde. Ich glaube, der Ort hieß Bethlehem.« Mizar lächelte.

»Diese Geschichte benutzt du immer, um mich zu überzeugen, stimmt's?« Adhara lächelte ebenfalls, und dann sagte sie: »Gut, sagen wir Capella, daß sie wieder auf die Erde muß.«

»Wieder auf die Erde?« fragte Capella. »Warum gerade ich?«

»Weil du letztesmal Wunder gewirkt hast. Du kennst die Menschen besser als irgend jemand anderes von uns. Du hast es bewiesen. Und du weißt, der Himmel wird mit dir zufrieden sein.«

»Na gut, ich geh ja schon«, sagte Capella verdrießlich.

✫

So kam Capella eines Nachts, als Sternschnuppe verkleidet, auf die Erde.

Brad und Kirsten hatten weiter einsam vor sich hin gelebt und nicht einmal mehr an den Wunsch gedacht, den sie in jener wundervollen, sternenklaren Nacht ausgesandt hatten, als sie, wenn auch nur für einen Moment, den Himmel um einen Menschen gebeten hatten, der sie durchs Leben begleiten würde.

Am Stadtrand von Boston landete Capella lautlos auf der Erde. Da sie wußte, daß sie ihr Licht nicht würde verbergen können, nahm sie die Gestalt eines Glühwürmchens an. Dann flog sie quer über die Stadt, bis sie zu Kirstens Haus kam. Dort glomm die kleine Lampe, die Kirsten immer anließ, als stummer Zeuge der Einsamkeit, unter der diese wunderbare Frau ihr Leben lang gelitten hatte.

Vorsichtig näherte Capella sich dem Zimmer, in dem die Lampe brannte. Sie sah Kirsten, die wie immer noch arbeitete, umgeben von Aktenstapeln. In der lauen Bostoner Nacht hatte sie das Fenster halb offen gelassen. Capella dämpfte ihr Licht, dann flog sie hinein und auf Kirsten zu.

»Hallo, Kirsten«, sagte sie.

Kirsten sprang erschrocken auf. »Wer ist da?« fragte sie.

»Ich bin Capella«, sagte der Stern, immer noch in der Gestalt eines Glühwürmchens. »Hab keine Angst. Ich bin hier, neben dir.« Capella drehte das Licht, das von ihrem Schwanz ausging, ein wenig auf.

»Du bist ein Glühwürmchen«, sagte Kirsten.

»In Wirklichkeit bin ich ein Stern«, sagte

Capella. »Das ist nur, weil ich mich als Glühwürmchen leichter auf der Erde zeigen kann, ohne alle Leute zu erschrecken – ganz abgesehen davon, daß ich sie blenden und verkohlen würde. Hab keine Angst, Kirsten. Ich bin hier, um dir dabei zu helfen, dir deinen Wunsch zu erfüllen.«

»Wovon redest du?«

»Vor vielen, vielen Nächten hast du eine Sternschnuppe um eine große Liebe gebeten«, sagte Capella. »Und auch wenn ihr Menschen in eurer Welt viel zu beschäftigt seid, um zu glauben, daß ihr gehört werdet, wenn ihr euch an den Himmel wendet, hören wir euch durchaus zu.«

Als Kirsten diesem seltsamen Wesen lauschte, das ihr von ihrem Wunsch erzählte, fiel er ihr wieder ein. Sie fing an zu weinen.

»Ach, Capella, ich habe so viel gearbeitet und hatte solche Angst, jemanden so sehr zu lieben, daß ich befürchte, ich habe mich um die größte Freude im Leben gebracht.«

Capella starrte Kirsten an. »Es kann einem durchaus angst machen, jemanden zu lieben.«

»Woher willst denn du das wissen?« fragte Kirsten.

»Ich war nicht immer ein Stern.« Die Augen auf Kirsten gerichtet, von einem warmen Lichtschein umgeben, sagte sie: »Vergiß nicht, Kirsten: *Derselbe Zaun, der dich vor anderen beschützt, schließt dich selbst ein.«*

Sie begann, um Kirsten herumzufliegen: *»Das Schicksal hält immer eine Gelegenheit bereit. Du mußt auf dein Herz hören, wenn es zu dir spricht, auch wenn du dich fürchtest.«*

»Und wie werde ich die wahre Liebe finden?« fragte Kirsten.

»Niemand wird dir die Zeit oder den Mut oder den Willen geben, sie zu suchen. Das mußt du schon selbst tun. Die Menschen sind nicht dazu bestimmt, allein zu sein. Zumindest nicht ihr Leben lang.«

»Wirst du mir helfen?« fragte Kirsten.

»Ich werde dir helfen«, antwortete Capella. »Aber du selbst mußt den Willen und die Kraft aufbringen, die Hand auszustrecken.«

Am nächsten Morgen erwachte Kirsten in demselben Stuhl, in dem sie den ganzen Abend lang gearbeitet hatte. Sie fühlte sich irgendwie merkwürdig und dachte: Was habe ich doch für einen seltsamen Traum gehabt. In ihrem Traum war ihr ein Glühwürmchen erschienen und hatte gesagt, es werde ihr helfen, die wahre Liebe zu finden. »Ich arbeite zuviel«, dachte Kirsten. Sie sah auf die Uhr und ging schnell unter die Dusche. Es war schon spät, und sie mußte zum Gericht, wo der Fall verhandelt wurde, an dem sie den ganzen Abend lang gearbeitet hatte.

Als Capella sah, daß Kirsten eingeschlafen war, flog sie leise hinaus und machte sich auf den Weg zu Brad. Brad war in der Garage und prüfte, ob an seinem Range Rover alles in Ordnung war. Vorsichtig näherte sie sich ihm.

»Brad?«

Brad drehte sich zu den Bäumen um, konnte

jedoch niemanden entdecken. »Wer ist da?« fragte er.

»Ich bin's, Capella.« Sie flog noch näher heran und ließ das Licht ihres kleinen Schwanzes aufleuchten.

Träume ich? dachte Brad.

»Nein, du träumst nicht«, sagte Capella. »Warum können die Menschen nicht glauben, was sie sehen, auch wenn es seltsam anmutet?«

»Du bist ein sprechendes Glühwürmchen«, sagte er.

Capella lächelte. »Natürlich! Ich bin ein Stern, und ich bin gekommen, um dir dabei zu helfen, dir deinen Wunsch zu erfüllen.«

»Was für einen Wunsch?«

»Na, komm, Brad, du weißt, was ich meine! Du verzehrst dich doch vor Sehnsucht nach einer Partnerin!«

»Woher weißt du das?«

»Ich bin ein Stern, vergiß das nicht.«

»Du hast mir zugehört!«

»Natürlich hören wir euch zu! Ihr Menschen seid es, die manchmal vergessen, daran zu glauben!«

»Aber wie soll ich sie kennenlernen?« fragte Brad. »Ich bin für sie doch ein Fremder.«

»Fremde sind Freunde, die man noch nicht kennt«, sagte Capella.

»Ich hab ein Problem, Capella«, sagte Brad.

»Deine Schüchternheit?«

»Ja.«

»Nutze sie einfach aus, statt sie als Problem zu sehen.«

»Wie denn das?« fragte Brad.

»Ich werde dir helfen«, antwortete Capella. »Aber du selbst mußt den Willen und die Kraft aufbringen, die Hand auszustrecken.«

Am nächsten Morgen erwachte Brad auf dem Vordersitz seines Jeeps. Er fühlte sich irgendwie merkwürdig und dachte: Was habe ich doch für einen seltsamen Traum gehabt. In seinem Traum war ihm ein Glühwürmchen erschienen und hatte gesagt, es werde ihm helfen, die wahre Liebe zu finden. Ich arbeite zuviel, dachte Brad. Er warf einen Blick auf die

Uhr und ging schnell unter die Dusche. Es war schon spät, und er mußte an dem Tag dem Verwaltungsrat seiner Firma ein neues Projekt vorstellen.

Während er zur Arbeit fuhr, versuchte er im Geist die einzelnen Punkte durchzugehen, doch er mußte ständig an den seltsamen Traum denken, den er in der Nacht gehabt hatte.

An jenem Abend kam Kirsten nach einem hektischen Tag bei Gericht nach Hause. Sie hatte Großartiges geleistet, und ihre Kollegen hatten ihr alle gratuliert. Sie war froh, nach der ganzen harten Arbeit so erfolgreich gewesen zu sein.

Als Kirsten heimkam, zog sie die Schuhe aus und schenkte sich ein Glas Rotwein ein. Dann setzte sie sich ins Wohnzimmer und schaltete den Fernseher an. Wieder einmal drohte ein Gefühl von Einsamkeit sie zu überwältigen. Müde beschloß sie, ins Bett zu gehen, aber in

dem Moment schossen ihr die Worte des Glühwürmchens durch den Kopf: *»Vergiß nicht, Kirsten: Derselbe Zaun, der dich vor anderen beschützt, schließt dich selbst ein.«*

Sie hielt inne. »Heute abend bleibe ich nicht zu Hause«, sagte sie zu sich. Sie ging ins Schlafzimmer und zog ihre Sportsachen an. Dann ging sie in die Garage, nahm ihr altes, verrostetes Fahrrad und schlug den Weg zum Charles River ein.

✲

Brad hatte einen anstrengenden Tag hinter sich. Seine Präsentation vor dem Verwaltungsrat war fabelhaft gewesen, und alle hatten ihn beglückwünscht.

Zu Hause angekommen, begann er wieder mit seinem Ritual: Wie jeden Tag nach der Arbeit öffnete er die Kühlerhaube seines Jeeps, um sich zu versichern, daß alle Flüssigkeiten genau auf dem richtigen Stand waren. Aber diesmal flog ihn aus dem Nichts die Erinnerung an den Traum von letzter Nacht an: *»Ihr*

Menschen seid es, die manchmal vergessen, daran zu glauben!«

Brad atmete tief durch. Der Traum kam ihm so wirklich vor. Auf einmal sah er sich selbst, wie er mit der Kühlerhaube in der Hand dastand. »Nein, heute nicht«, sagte er sich. Er ging ins Haus, und nach fünf Minuten kam er in seinem Jogginganzug heraus und schlug die Richtung zu seiner Lieblingslaufstrecke am Charles River ein.

Kirsten war wütend, stinkwütend. »Ein harter, langer Tag im Gericht und jetzt das! Einen Platten!«

Sie weinte still vor sich hin. In ihrem Leben ging einfach alles schief. Es gab keine Hoffnung mehr, nicht die geringste.

»Auf Wiedersehen, Kirsten.«

Kirsten hob den Kopf. Sie sah niemanden, nur ein Glühwürmchen, das zwischen den Bäumen verschwand.

»Kann ich dir helfen?«

»Was?«

»Brauchst du Hilfe?«

Kirsten sah den Fremden an, der ihr seine Hilfe anbot.

»Mein dämliches Rad hat einen Platten, und ich kann es nicht flicken.«

»Laß mal sehen«, sagte der Jogger. »Ja, das muß geflickt werden. Ein paar Blocks von hier entfernt ist eine Tankstelle. Ich glaube, da können sie es reparieren.« Und dann atmete Brad tief durch und sagte etwas, was er noch nie gesagt hatte: »Hast du was dagegen, wenn ich dich begleite?«

»Nein, natürlich nicht«, sagte Kirsten.

»Freut mich! Ich heiße übrigens Brad.«

»Ich bin Kirsten.«

Sie sahen einander zum erstenmal in die Augen und lächelten. »Läufst du immer hier?«

»Früher bin ich hier gelaufen, aber in letzter Zeit hatte ich zuviel zu tun. Heute hatte ich wieder mal Lust dazu.«

»So ein Zufall«, sagte Kirsten. »Genauso ging es mir auch.«

Brad nahm Kirstens Fahrrad, und lächelnd

und scherzend machten sie sich auf den Weg zur Tankstelle.

Sie waren so miteinander beschäftigt, daß sie gar nicht bemerkten, wie eine Sternschnuppe geradewegs in den Himmel hinaufflog.

3

An der kalifornischen Küste, bei der Wellenreiterstadt Santa Cruz, gibt es einen ganz besonderen Ort: Natural Bridge Beach, ein von einer wunderbaren Ruhe erfüllter Strand, eingeschlossen von Wäldern, in denen einige der ältesten Bäume der Welt stehen. Der majestätische Anblick des Waldes, der den weißen Sand küßt, verschlägt einem den Atem, und der ewige Kampf zwischen Land und Meer wird begleitet von dem gewaltigen Krachen, mit dem sich Woge um Woge an den Riffen bricht. In den Tiefen dieser uralten Wälder, umgeben von der friedlichen Gelassenheit, die ihre hohen Bäume ausstrahlen, fühlt man sich der Natur besonders nahe, vor allem, wenn man von einem der herrlichsten Geschöpfe umflattert wird: dem Monarchfalter.

Die Zeit der Schmetterlinge

Der Sommer ging seinem Ende entgegen, und die Zeit der Paarung war fast vorbei. Die meisten Schmetterlinge hatten das Ziel ihres kostbaren kurzen Lebens erreicht und all ihre Kräfte darauf verwandt, durch ihre Nachkömmlinge den Fortbestand dieser wunderbaren Tiere zu sichern, wie sie es seit Jahrhunderten getan haben.

Bevor sie starben, hatten die Weibchen der Monarchfalter hektisch nach Seidenpflanzen gesucht, die ihre einzige natürliche Nahrung bildeten und auf denen sie ihre Eier ablegten. Die milchigweißen, stecknadelkopfgroßen Kügelchen funkelten in der Sommersonne wie kostbare Edelsteine, die von einem Meister seines Fachs geschliffen wurden. Unter all dem Glanz hingen die zukünftigen Falter an den

Blättern, die sie nähren würden, sobald sie aus dem Ei geschlüpft waren.

In den darauffolgenden Tagen klebten die Eier fest an der Seidenpflanze. Doch in ihrem Innern ging eine Veränderung vor sich, und sie wurden allmählich grau. Plötzlich begann sich in ihnen etwas zu bewegen, versuchte verzweifelt, sich von der Umhüllung zu befreien, die es an der Pflanze festgehalten hatte.

Ein Ei nach dem anderen platzte auf und ließ das Geschöpf, das in ihm herangewachsen war, zum erstenmal das Tageslicht erblicken. Kaum waren sie frei, starrten die kleinen Wesen einander an, und ihre erste Empfindung war Angst und Entsetzen. Wie häßlich sie waren! Winzige schwarze Wesen, die auf der Pflanze herumkrochen. Da sie Larven waren, hatten sie schrecklichen Hunger. Sie streiften ihre Hülle ab und taten, was ihr Instinkt ihnen befahl: Sie fingen an zu fressen. Doch während sie das Grün der Pflanze verschlangen, an der sie gehangen hatten, sahen sie riesige Schwärme von wunderschönen Schmetterlingen davonfliegen, und die Pracht all der flatternden orange-braunen Flügel überwältigte sie. Als sie daraufhin sich selbst ansahen und ihr eigenes Äußeres mit dem der fliegenden Schmetterlinge verglichen, wurde ihnen ganz elend zumute. Tief in ihrer Seele verabscheuten die Larven sich selbst, und die Schönheit der flatternden Schmetterlinge erschien ihnen als das höchste Gut.

An jenem Abend, nachdem sie sich unermüdlich an der Pflanze gütlich getan hatten, begaben sich die Raupen voller Kummer über ihr abstoßendes Äußeres und ihr trauriges Schicksal zur Ruhe.

Eine der Raupen, die noch trauriger aussah als die anderen, brach in Tränen aus.

»Wie abscheulich wir sind! Ich glaube, es gibt auf der ganzen Welt kein Wesen, das so häßlich ist wie wir. Wenn ich da oben diese wunderbaren Schmetterlinge fliegen sehe, dann denke ich, wie herrlich es sich anfühlen muß, so schön zu sein. Alle anderen Geschöpfe der Erde müssen sie beneiden.«

»Sei nicht so streng mit dir«, sagte eine Stimme. *»Du bist mit dem Leben gesegnet, das dir geschenkt wurde. Sei dankbar dafür, und versuche, jeden Augenblick deines Daseins zu nutzen, als ob es der letzte wäre.«*

»Wer bist du?« fragte die Raupe.

»Schau nach oben.«

Durch die nächtliche Dunkelheit sah die Raupe einen gelben Ball herabscheinen, der alles um sie herum erleuchtete und so den Raupen Gesellschaft leistete.

»Hallo, Raupe«, sagte der Ball. »Ich bin der Mond, und ich wurde angewiesen, euch Gesellschaft zu leisten und euch in der Nacht zu leuchten.«

»Hallo, Mond«, sagte die Raupe. »Du bist so gelb, so hell, so schön ...«

»Warum bist du so traurig?« fragte der Mond.

»Ach, ich habe heute all diese wunderbaren

Schmetterlinge gesehen, die hoch am Himmel dahinflogen, und jetzt, bei deinem Anblick, fühle ich mich noch schrecklicher als in dem Moment, in dem ich uns zum erstenmal sah!«

Der Mond lächelte. *»Meine liebe Raupe, laß dich von deinen Augen nicht trügen, denn die wahre Schönheit liegt tief in deinem Innern verborgen. Ihr wißt es noch nicht, aber wundersame Veränderungen stehen euch bevor, und du wirst staunen, was für ein Wandel sich in dir vollziehen wird. Ich kann dir nur eines sagen: Genieße dein Leben, solange du kannst, und verschwende keine Zeit damit zu versuchen, etwas zu sein, was du noch nicht bist. Lerne, dir selbst dein bester Freund zu sein, denn man tappt leicht in die Falle und wird sein ärgster Feind. Sei stolz auf das, was du bist, und nutze den Tag, als ob es kein Morgen gäbe.«*

In den nächsten zwei Wochen fraß die Raupe ohne Pause Seidenpflanzenblätter, bis sie zweitausendmal soviel wog wie zuvor. Sie wuchs so schnell, daß sie alle vier oder fünf

Tage ihre Haut abwerfen mußte, weil diese sie nicht mehr bedeckte.

Die Raupe war jetzt herangereift, wie die meisten ihrer Geschwister. Doch anstatt hübscher geworden zu sein, kam sie sich häßlicher vor denn je. Der Mond hat leicht reden, wenn er sagt, ich soll jeden Moment meines unbedeutenden Lebens genießen, dachte sie. Wie soll das gehen, wenn ich mein eigenes Äußeres nicht ertrage?

»Die einzige Raupe, mit der du jemals wetteifern solltest, bist du selbst. Einen faireren Wettkampf wirst du nicht bekommen.«

»Bist du das, Mond?« fragte die Raupe.

»Ja.«

Die Raupe ließ den Kopf hängen. »Mond, warum kann ich nicht so schön sein wie du? Du machst die Nacht zum Tag, und dein Licht läßt jedes lebendige Wesen voll Ehrfurcht zu dir aufsehen.«

»Das wichtigste Licht, das jedes Geschöpf besitzt, ist das Licht, das von innen kommt, und nicht das Licht, das man sehen kann.« Der Mond leuchtete ein wenig schwächer, als ob er traurig wäre. »Ach, meine

liebe Raupe. Bald wird dein Wunsch nach Schönheit erfüllt, aber dann wirst du begreifen, daß diese Art Schönheit dir nicht das Glück bringt, das du suchst, weil du nicht gelernt hast, dich so zu lieben, wie du bist.«

Um den fünfzehnten Tag herum wurde die Raupe ganz unruhig, ihre Haut begann hart zu werden, und in ihrem Innern kündigte sich eine Veränderung an. Das Wunder der Metamorphose begann. Die Raupe verspürte den Drang, sich einen geschützten Platz über dem Boden zu suchen, bevor ihre Haut so hart war, daß sie sich nicht mehr würde rühren können.

Als sie einen sicheren Platz gefunden hatte, legte sich die Raupe auf eine Matte aus Seidenfäden, drehte sich auf den Rücken und krümmte sich zu der Form eines J zusammen. Sie warf ein letztes Mal ihre Haut ab und ersetzte sie durch eine feste Schale.

In den nächsten zwei Wochen gingen in die-

ser Puppe erstaunliche Veränderungen vor, und schließlich war die häßliche, blättervertilgende Raupe bereit, als strahlender, nektartrinkender Monarchfalter zu schlüpfen.

Der Mond sah dieser Verwandlung gelassen zu. »Meine liebe Freundin«, sagte er, »nun wirst du endlich zu dem, wozu du von Geburt an bestimmt warst. Einen Großteil deines Lebens hast du nun schon damit zugebracht, dich zu hassen, dabei hättest du das Leben genießen können, indem du einfach du selbst gewesen wärst. Morgen wirst du das wunderbare Wesen sehen, das du unweigerlich werden mußtest. Und du wirst auch erkennen, wie kostbar die Lebenszeit war, die du verschwendet hast, und was für einen hohen Preis du dafür bezahlen wirst, daß du jetzt ein Schmetterling bist.«

Am nächsten Morgen erwachte die Raupe und sah ungläubig, wie sich ihr Körper verwandelt hatte. Sie breitete ihre herrlichen orange-braunen Flügel aus und begann, sich an ihren neuen Körper zu gewöhnen. Nach einer Weile waren die Flügel hart geworden, und sie fühlte sich stark genug, um davonzufliegen.

Ich bin so schön! dachte sie.

Doch der kühle Herbst hatte eingesetzt, und die neue Schmetterlingsfrau empfand das Bedürfnis, in wärmere Länder zu ziehen. Sie sah Millionen von anderen Schmetterlingen, die genauso aussahen wie sie und die sich sammelten, um gen Süden zu fliegen. Die Zahl der Schmetterlinge, die sich mit ihr aufmachten, überwältigte sie. Ihre eigene Schönheit war nicht mehr wichtig. Sie mußte davonziehen, um zu überleben.

Sie flog mehrere Wochen lang und nahm sich nur ab und zu Zeit, sich kurz in einem Baum auszuruhen, in dem sich Tausende von anderen Schmetterlingen in dichten Trauben aneinanderdrängten: Jedes Tier hing mit seinen Flügeln nach unten über dem Falter darunter, so daß ein Dachziegeleffekt entstand, der die Gruppe gegen Regen und Kälte schützte. Das Gewicht der Trauben trug dazu bei, daß sie nicht im Wind flatterten und davongetrieben wurden. So hing die Schmetterlingsfrau einsam und in anonymer Schönheit zwischen den anderen. Doch nach wenigen Tagen kam ein kalter Nordwind auf, der die geschwächten Monarchfalter frieren ließ. Viele von ihnen starben, darunter auch die Raupe, die sich selbst verabscheut hatte. Nur wenige überlebten, paarten sich und hielten die Art am Leben. Aber auch diejenigen, die es geschafft hatten, würden binnen kurzem sterben, denn ihr Leben als Schmetterling dauerte nur sechs Wochen.

»Mama, komm schnell! Sieh mal, was ich gefunden habe!«

Die Mutter lief herbei und sah, daß ihr Sohn einen toten Schmetterling in seiner kleinen Hand hielt.

»Das ist ein Monarchfalter«, sagte sie zu ihm.

»Ist er tot?« fragte das Kind.

»Ja«, antwortete die Mutter.

»Ist er nicht schön, Mama?«

»Ja, das ist er«, erwiderte sie. »Komm jetzt, wir machen ein Feuer. Es ist Vollmond und eine wunderbare Nacht.«

Das Kind sah den toten Schmetterling noch ein letztes Mal an. Im Mondschein schimmerten die Flügel wie Gold. Du bist so schön, dachte der Junge. Dann ließ er das Tier auf den Boden fallen und lief zu seiner Mutter.

4

Als ich klein war, liebte ich nichts so sehr, wie in dem kleinen Park am Meer in der Nähe unseres Hauses meinen Drachen steigen zu lassen.

Es war mein Vater, dank dessen Mühe und Geduld meine Kindheit mit diesen Augenblicken reinen Glücks gesegnet war. Er nahm mich im Auto mit, um das Bambusrohr, die Schnur und das spezielle Papier für den Drachen einzukaufen. Und als der Drachen fertig war, mit Schwanz und allem drum und dran, hielt er ihn gegen den Wind und machte mir ein Zeichen, wenn ich losrennen sollte. Ich lief, so schnell ich konnte, und drehte den Kopf, um voller Ehrfurcht zuzusehen, wie der bunte Drachen in den Himmel stieg, höher und immer höher, bis mir die Schnur ausging.

Ich fragte mich immer, wie hoch ein Drachen wohl steigen konnte. Hing das davon ab, wie stabil er gebaut war? Lag es an der Länge der Schnur? Oder daran, wie stark der Wind war?

Ich fand es nie wirklich heraus. Aber in einem Punkt war ich mir immer sicher: Er konnte so hoch steigen wie in meinen Träumen …

Der goldene Drachen

Hilflos.

So fühlte ich mich, als ich ihn zum erstenmal reden hörte. Er versuchte im Park ganz allein, seinen Drachen steigen zu lassen.

Eigentlich hatte der barfüßige kleine Junge mit dem langen goldblonden Haar, der so schnell lief, wie er konnte, um den Drachen zum Steigen zu bringen, nichts Ungewöhnliches an sich. Und doch gab mir die Art, wie er mit seinem Drachen umging, das Gefühl, daß er irgendwie anders war. Er ließ ihn nämlich nicht nur steigen, er sprach auch zu ihm, als wolle er ihn überreden, höher hinaufzufliegen.

Der Junge gab sich alle Mühe. Immer wieder hielt er den rautenförmigen, pastellfarbenen Drachen in die kühle morgendliche Brise. Aber immer wenn der Drachen gerade zu steigen schien, brach er plötzlich zur Seite aus und landete schließlich auf der Erde. Dann ging der Junge wieder zu dem Drachen, versuchte, ihn möglichst aufrecht zu halten, und ließ ihn im Laufen los. Doch jedesmal stieg der Drachen rasch in die Höhe, schwenkte auf einmal seitwärts und stürzte wieder zu Boden.

»Ich glaube, der Schwanz müßte ein bißchen schwerer sein«, sagte ich. »Du solltest ihn ein Stück länger machen, damit der Drachen die Richtung hält, wenn er hochsteigt.«

»Bist du sicher?« fragte er.

Ehrlich gesagt kannte ich mich mit Drachen nicht sonderlich gut aus. Ich hatte keine Kinder, und ich erinnerte mich nur noch vage daran, wie mein Vater mit mir meinen Drachen hatte steigen lassen. Aber eines hatte ich nie vergessen: Mein Vater hatte immer gesagt, entscheidend dafür, daß der Drachen gut fliege, sei der Schwanz. Wenn er zu lang sei, würde der Drachen nicht genug Höhe gewinnen. Sei er zu kurz, würde der Drachen erbarmungslos immer wieder zur Seite kippen, außer Kontrolle geraten und trudelnd zu Boden stürzen.

»Ein längerer Schwanz? Bist du sicher?« fragte der Junge erneut. »Glaubst du, wenn ich ihn länger mache, wird mich der Drachen mit hochziehen?«

Ich lächelte. »Natürlich nicht. Der Drachen wird höher steigen, aber er wird dich nicht mit hinaufziehen.«

»Dann ist er nichts wert«, sagte er. Er nahm den Drachen, rollte die Schnur auf und ging.

Ich fühlte mich schrecklich schuldig. Ich hatte den Traum eines kleinen Jungen zerstört, der glaubte, mit seinem Drachen fliegen zu können. Ich mußte aufrichtig sein und ihn davon abhalten, daß er so viel Energie in ein aussichtsloses Unternehmen investierte. Doch die Traurigkeit, die in seiner ganzen Haltung lag, während er davonging, ließ mich meine Ansicht überdenken.

»He, Junge! Warte!« sagte ich.

Er blieb stehen und drehte sich um.

»Du willst also einen Drachen, mit dem du fliegen kannst.«

»Nicht nur fliegen«, sagte er. »Ich brauche einen Drachen, mit dem ich ganz hoch hinauffliegen kann, bis zu den Sternen.«

Ich lachte. »Du willst mich wohl auf den Arm nehmen!«

Sein Gesicht wirkte sehr ernst. »Nein«, sagte er. »Ist etwas falsch daran, wenn man versucht, zu den Sternen zu kommen?«

»Und wie willst du einen Drachen bauen, der mit dir bis zu den Sternen fliegt? Das ist unmöglich.«

»Wenn du meinst«, erwiderte er. Dann drehte er sich um und ging davon.

Ich schwieg. Wozu wäre es gut gewesen, diesem naiven Jungen zu erklären, daß sein Drachen ihn niemals zu den Sternen bringen würde? Ich erinnerte mich noch an die Zeit, als ich in seinem Alter gewesen war: Alles schien möglich zu sein. Es stand einem frei zu träumen – wahr zu machen, was immer man wollte.

Aber das war lange her. Ich war erwachsen geworden und hatte begonnen, mich um die »wichtigen« Dinge im Leben zu sorgen. Hätte mir doch schon damals jemand gesagt, daß ich die Sicherheit, nach der ich so lange gestrebt hatte, kaum hatte ich sie erreicht, von Herzen hassen würde.

Am nächsten Morgen wachte ich früh auf. Ich hatte nicht gut geschlafen. Das Erlebnis mit dem kleinen Jungen im Park ging mir nicht aus dem Kopf.

Ich beschloß, wieder in den Park zu gehen. Auch der blonde Junge war da und versuchte genauso stur wie am Tag zuvor, seinen Drachen zum Fliegen zu bringen – doch ohne Erfolg.

Ich ging zu ihm. »Und? Geht's heute besser?«

»Warum fragst du?« sagte er. »Du glaubst doch sowieso nicht, daß ich mit meinem Drachen zu den Sternen fliegen kann.«

»Tja, das stimmt«, sagte ich.

»Was man nicht versteht, das besitzt man nicht«, sagte er.

Ich war so verblüfft, daß mir keine Erwiderung einfiel. Wie alt war dieser Junge? Er sah noch so klein aus, und doch hatte er etwas gesagt, das mir die Sprache verschlug. Ja, er rührte sogar an Fragen, die ich mir nie hatte beantworten können.

»Wie alt bist du?« fragte ich schließlich.

»Na ja, wie man's nimmt«, sagte er. »Willst du das wirklich wissen?«

»Nein«, sagte ich.

»Ist auch besser so«, sagte er. »Bist du in den Park gekommen, um spazierenzugehen oder um mir zu helfen, den Drachen zu bauen, der mich zu den Sternen bringt?«

So seltsam es scheinen mag, ich entschied mich dafür, ihm zu helfen, seinen Sterndrachen zu bauen.

»Klasse«, sagte das Kind.

»Ich weiß nicht, warum ich das tue, aber ich werde dir helfen.«

»Einem anderen in seinem Kummer helfen heißt seinen eigenen vergessen«, sagte er und lächelte.

Da ich kein Experte im Drachenbauen war, hielt ich es für das beste, mir erst ein Buch zu diesem Thema zu besorgen. Ich ging also in eine große, gut sortierte Buchhandlung ein paar Blocks von meiner Wohnung entfernt. Nachdem ich eine Weile unter »Hobbys« gestöbert hatte, fand ich das Buch, das ich suchte: *Drachen bauen.* Ich ging damit zur Kasse, bezahlte es und begab mich direkt in den Park, wo dieses seltsame Kind, das in mein Leben getreten war, seinen ganz speziellen Drachen bauen wollte. Ich zeigte ihm das Buch.

»Wird uns das helfen?« fragte der Junge.

»Ich weiß nicht genau«, sagte ich, »aber wir können es ja mal versuchen.«

»Einverstanden«, sagte er. »Aber der Drachen muß spätestens morgen abend fertig sein.«

»Warum gerade morgen abend?«

»Vertrau mir einfach«, sagte er. »Er muß spätestens morgen abend fertig sein! Hilfst du mir?«

Was sollte ich sagen? Ich war ja schon so

weit darauf eingegangen. »In Ordnung, ich helfe dir, aber wir müssen uns ordentlich ranhalten. Wir haben nicht mehr viel Zeit.«

Wir sahen sofort im Buch nach und versuchten herauszufinden, was für ein Drachen sich am besten eignen würde.

Es gab ein Modell namens Eddy. Es war rautenförmig, und nach meiner Erfahrung würde es mit einem guten Schwanz bis in den Himmel aufsteigen können – oder zumindest sehr hoch.

»Wird es damit gehen?« fragte mich der Junge.

»Ich bin mir ziemlich sicher.«

»Dann fangen wir an.«

Wir kauften die Stäbe, das Klebeband und die Schnur für den Rahmen. Das Material für das Segel mußte sehr sorgfältig ausgewählt werden. Kunststoffbeschichtetes Geschenkpapier erschien uns ideal.

»Und es muß golden sein.«

»Warum?« fragte ich.

»Damit die Sterne es sehen können.«

Ich hielt den Mund. Ich hatte ja gewußt, daß

dieser Junge irgend etwas Merkwürdiges an sich hatte, aber allmählich wurde mir ein bißchen mulmig.

»Was hast du eigentlich vor?« fragte ich ihn.

»Ich versuche, wieder nach Hause zu kommen.«

Ich sah ihn an und beschloß, nicht weiter nachzufragen.

Wir brachten den ganzen Abend und den nächsten Tag damit zu, unseren Eddy-Drachen zu bauen. Als erstes schnitten wir den Längsstab zurecht. Dann schnitten wir die übrige Hälfte in zwei Teile für die Querstäbe und rundeten die Enden ab. Als Verbindungsstück für die Querstäbe benutzten wir ein fünf Zentimeter langes Stück Rohr. Dieses hielten wir in der Mitte ein paar Sekunden lang über eine Flamme und bogen es dann in einem Winkel von fünfzehn Grad ab. Schließlich hefteten wir die Stabtaschen aus Klebeband mit dem Tacker in die vier Ecken des Segels, steck-

ten den Längsstab oben und unten hinein und die beiden kürzeren Stäbe an den Seiten.

»Er sieht toll aus!« sagte ich.

»Aber wird er so hoch fliegen, wie die Sterne sind?« fragte der Junge.

»Da bin ich mir nicht so sicher«, erwiderte ich.

Er lächelte. *»Vor der Wirklichkeit kann man die Augen verschließen, aber vor Träumen nicht«,* sagte er.

Wieder diese seltsame Stimme. »Wer bist du?« fragte ich.

»Willst du das wirklich wissen?«

»Ja«, sagte ich.

»Wirst du mir auch glauben?«

»Klar«, sagte ich.

Er starrte mich einen Moment lang an, dann sah er hinauf zum Himmel.

»Ich bin ein Stern.«

Ich lachte. »Komm, sei nicht albern, sag mir, wer du bist.«

»Ich bin ein Stern«, wiederholte er.

Ich schwieg. Was sollte ich tun? Weiter diesem seltsamen Kind helfen, über das ich so wenig wußte, oder aufhören und gehen?

»Die einzig wahre Entdeckungsreise besteht nicht darin, neue Länder zu suchen, sondern darin, mit neuen Augen zu sehen«, sagte er.

Ich wußte nicht, was ich sagen sollte, und so fing ich schweigend an, den Schwanz zu basteln.

Es war kurz vor Sonnenuntergang. Mehr als sechs Stunden hatten wir an dem Drachen gearbeitet, und nun war er beinahe fertig. Wir hatten die Stäbe verstärkt. Das goldene Papier war am Längsstab befestigt und glatt gespannt. Die Flugleine war um den Längsstab und das Zwischenstück für die Querstäbe verknotet. Die Stabenden saßen in den Taschen und waren gut verklebt. Der Drachen sah großartig aus. Die letzten Sonnenstrahlen funkelten auf dem goldenen Segel.

Der Junge sah mich glücklich an. »Ich glaube, er ist fertig«, sagte er. »Mit ihm werde ich es schaffen.«

»Und jetzt?« fragte ich.

»Wie lang ist die Leine?« fragte er.

»Na ja, sie ist sehr lang. Ich würde sagen, du hast fast tausend Meter!«

»Das müßte reichen. Und der Schwanz?«

Ich lächelte. »Diesmal wird es funktionieren.«

»Danke«, sagte der Junge.

»Gern geschehen«, erwiderte ich.

Er sah zur Sonne, die gleich untergehen würde. *»Das einzige, was wir jemals behalten können, ist die Liebe, die wir verschenken. Die wahre Liebe beginnt, wenn wir nichts dafür haben wollen.* Danke, daß du mir geholfen hast. Jetzt müssen wir in die Berge fahren.«

»Warum denn das?« fragte ich.

»Berge sind die Brücken zwischen dem Himmel und der Erde. Fährst du mich hin? Es ist schon spät.«

Ich war völlig verwirrt. Aber irgend etwas in mir sagte, ich sollte tun, worum der kleine Junge mich bat.

»Okay, fahren wir«, sagte ich.

Er strahlte. Fast wie ein Stern.

Wir brauchten fast eine Stunde, bis wir oben in den Bergen waren. Die Straße endete im Nichts. Ich parkte den Wagen.

»Und jetzt?« fragte ich.

»Laß uns aussteigen. Hol den Drachen, und dann können wir uns hinsetzen und warten.«

»Worauf?«

»Das siehst du dann schon.«

Ich wurde allmählich ein wenig ärgerlich. Warum machte ich das alles?

»Wenn du deinem Herzen folgst, werden sich Türen auftun, wo du gar keine erwartet hast – und wo für niemand anderen Türen sind«, sagte er.

Die Nacht war herrlich klar, und dort oben in den Bergen funkelten die Sterne heller denn je.

»Meine Freunde fehlen mir«, sagte er. »Heute nacht werde ich sie hoffentlich wiedersehen.«

»Soll ich immer noch glauben, daß du ein Stern bist?«

»Willst du es denn glauben? Willst du trotz all der schmerzlichen Erfahrungen, die du in deinem Leben gemacht hast und die bewirkt

haben, daß du nicht mehr an Wunder glaubst, glauben, daß es so etwas wie Wunder gibt?«

Als ich klein war, dachte ich, alles wäre möglich, aber dann hat das Leben mich eines Besseren belehrt, und ich habe meinen Glauben verloren. Die Zeit verändert uns, und plötzlich werden wir alt, trauen nur noch dem, was wir mit den Augen sehen können, und vergessen, was unser Herz uns das ganze Leben lang beizubringen versucht.

»Du mußt auf dein Herz hören, wenn es zu dir spricht, auch wenn du dich fürchtest«, sagte er. Er sah hinauf zum Himmel.

Ich wollte gerade etwas erwidern, als er sagte: »Es hat angefangen. Schnell! Lassen wir den Drachen steigen!«

Ich blickte zum Himmel. Mit einemmal tauchten überall Sternschnuppen auf. Es war ein grandioses Schauspiel.

»Beeil dich!« sagte er.

Ich griff nach dem Drachen, während er anfing, die Leine abzurollen. Ich hielt das Gestänge fest in der Hand. Als er genug Schnur abgewickelt hatte, rief er: »Jetzt! Laß ihn los!«

Ich tat, was er sagte. Der Junge lief, so schnell er konnte. Langsam gewann der Drachen an Höhe. Fünfzig Meter, hundert, zweihundert. Ich traute meinen Augen nicht. Er stieg geradewegs in den Himmel, bis er schließlich so hoch war, daß ich ihn von einem Moment auf den nächsten nicht mehr erkennen konnte.

Voller Angst rannte ich zu dem Jungen. Er hielt die Leine stur umklammert, wollte sie nicht loslassen. Ich half ihm, sie zu halten, denn der Drachen zerrte daran wie wild. Ich dachte, die Schnur würde jeden Moment reißen.

»Leb wohl!« sagte der Junge.

»Nein!« brüllte ich.

Aber es war schon zu spät. Er hob vom Boden ab und begann, an der Drachenschnur hängend, emporzusteigen. Er lachte, und ich versuchte, ihm mit den Augen zu folgen, bis ihn der Himmel verschluckte.

Das Ganze kam mir wie ein Traum vor. Das konnte nicht wirklich passiert sein. Aber es war passiert. Hilflos und verstört setzte ich mich auf den Boden. Hatte ich das alles geträumt? Konnte es tatsächlich wahr sein?

Nein, das war völlig unmöglich.

Ich ging zurück zu meinem Wagen. Gerade wollte ich die Tür öffnen, als ich neben dem Auto etwas liegen sah.

Es war der goldene Drachen.

»Das einzige, was wir jemals behalten können, ist die Liebe, die wir verschenken.«

Ich lächelte, hob den Drachen auf und legte ihn in den Wagen. Und ich hätte schwören können, daß, als ich nach Hause fuhr, ein neuer Stern am Himmel stand, der heller strahlte als alle anderen.

5

Der kleine Buckelwal sog sanft an den Zitzen seiner Mutter und spürte, wie die Wärme der fetten weißen Milch ihn mit neuer Energie erfüllte.

Er trank noch eine halbe Stunde lang, bis er sich wieder gestärkt fühlte. Es war eine herrlich klare Nacht, und die Mutter und das Kalb ließen sich gemächlich mitten im Ozean treiben.

»Ist das nicht eine wunderbare Nacht, Mama?«

»Ja, wirklich«, erwiderte die Mutter. »Wieder einmal ist uns eine wundervolle sternenklare Nacht geschenkt worden.« Behutsam drehte sie ihr Kalb in Richtung Süden.

»Siehst du diese fünf Sterne da, die wie ein Kreuz aussehen?«

Der kleine Wal blickte hinauf zu der Stelle, zu der seine Mutter hinsah. »Ja, ich sehe sie«, sagte er.

»Diese Sterne sind für uns sehr wichtig«, sagte die Mutter. »Wenn du das erste Mal in den Süden ziehst, wirst du merken, wie sehr wir sie brauchen, um unsere Futtergründe in den kalten Gewässern der südlichen Meere zu finden.«

Die Mutter lächelte, und ihr neugeborenes Kalb berührend, sagte sie: »Aber es gab einmal eine Zeit, da waren diese Sterne, die man das Kreuz des Südens nennt, nicht fünf, sondern nur vier.«

»Nur vier?« fragte der kleine Wal.

»Ja. Die Geschichte vom fünften Stern ist eine Geschichte von Mut und Freundschaft. Eine Geschichte vom Geben.«

»Erzählst du sie mir?«

Die Mutter sah hinauf zum Himmel. »Ja«, sagte sie, »ich werde sie dir erzählen.«

Der fünfte Stern

Es war Mitte September, und die Wale hielten sich noch vor der Nordwestküste Südamerikas auf. Mehr als drei Monate war es her, daß die Buckelwale der südlichen Halbkugel in diesen Breiten eingetroffen waren, um dem antarktischen Winter zu entgehen und sich in den warmen Gewässern der Tropen in Ruhe fortzupflanzen.

Doch die Temperaturveränderung und ihr eigener Instinkt sagten den Walen schließlich wie schon seit Tausenden von Jahren, daß es Zeit war, in die antarktischen Gewässer zurückzukehren, wo sie den kostbaren Krill finden würden, der ihre Lieblingsnahrung war.

Die ersten, die sich gen Süden aufmachten, waren wie jedesmal die gerade trächtig gewordenen Weibchen, gefolgt von den noch nicht ausgereiften Männchen und schließlich von jenen Kühen, deren Kälber groß genug waren, um ihre erste Wanderung durchzustehen.

Im Vergleich zu den Polarmeeren gibt es in den tropischen Gewässern und auf den Wanderrouten wenig Nahrung, so daß die Wale auf ihrem Zug gen Süden nicht viel zu fressen fanden. Die Herde wußte, daß sie noch acht Wochen lang von der Energie würde zehren müssen, die in ihren Muskeln und ihrer Speckschicht gespeichert war, bis sie die nahrungsreichen polaren Gewässer erreichte.

Die Buckelwale hatten einen weiten Weg vor sich, doch schon ihre Vorfahren hatten ihn zurückgelegt, und so würde auch diese neue Generation dem alljährlichen Ritual folgen, durch das die Wale seit Urzeiten überlebt hatten.

✵

Es war jetzt mehr als vier Wochen her, seit die Wale ihr Winterquartier in den Tropen verlassen hatten und in den Süden aufgebrochen waren. Die Herde war in guter Verfassung, denn die einzelnen Tiere halfen einander, damit keines zurückblieb. Das geschah auf die Weise, auf die sich die Buckelwale seit jeher miteinander verständigt haben: durch ihren Gesang. Jede wandernde Herde hat ihr eigenes, unverwechselbares Lied, das alle ihre Mitglieder – mit geringfügigen Abweichungen – singen. Wie die Mütter mit ihren Kälber, so verständigen sich auch Männchen und Weibchen durch Gesang. Dies gab der Herde auf ihrer langen Reise in die antarktischen Gewässer ein Gefühl von Sicherheit.

Die Sonne war bereits untergegangen, und die Wale schwammen weiter in Richtung Süden, durch eine immer rauhere See. Plötzlich, ohne Vorwarnung, bekamen sie Probleme mit der Verständigung. Obwohl sie mit aller Kraft sangen, konnten sie einander immer schlechter hören. Einige der jüngeren Kälber gerieten in Panik, denn in dem aufgewühlten Wasser wurde es für sie immer schwerer, mit ihren Müttern in Kontakt zu bleiben.

Und dann passierte es. Ein riesiger Öltanker, der dieselbe Route benutzte wie die Wale, fuhr mitten durch die Herde hindurch und löste ein schreckliches Chaos aus. Auf einmal wurde das Wasser trübe, und durch die Wassermassen, die der gewaltige Schiffsrumpf verdrängte, entstanden mächtige Wellen. Der Tanker trennte die Herde in zwei Teile und ließ die Wale die Verbindung zueinander verlieren. Das Chaos hielt mehr als zehn Minuten an, während derer die Wale verzweifelt davonschwammen, um einen Zusammenstoß mit dem Schiff zu vermeiden, der ihren sicheren Tod bedeutet hätte. Schließlich ließ das riesige Schiff die Herde hinter sich, ohne auch nur zu bemerken, was für einen Schaden es angerichtet hatte.

Es dauerte fast eine halbe Stunde, bis die Herde nach diesem traumatischen Erlebnis ihre Ruhe wiedergefunden hatte. Die größten

Männchen begannen nach den anderen zu suchen und die Herde wieder zu vereinigen. Im Dunkel der Nacht half ihnen nur ihr Gesang, einander wiederzufinden. Das Leittier der Herde, ein fünfundzwanzig Tonnen schwerer Koloß, versammelte die anderen um sich und rief sie mit Namen auf. Es waren alle da. Aber dann hörte der alte Bulle eine der Kühe verzweifelt brüllen. Sie konnte ihr Kalb nicht finden! Sofort begannen die anderen Wale fieberhaft nach dem verlorengegangenen Jungen zu suchen, aber ohne Erfolg. Schließlich kamen sie stumm wieder zusammen und begannen alle gemeinsam so laut wie möglich zu singen, um dem verirrten Kalb den Weg zu weisen.

Der Vorfall lag schon zwei Tage zurück, doch von dem verlorengegangenen Kalb war immer noch nichts zu sehen oder zu hören. Weil sie sich so angestrengt hatten, um es zu rufen, wurden die übrigen Wale allmählich schwach. Der alte Bulle wußte, daß die Lage kritisch war. Sie konnten nicht dort bleiben, wo sie waren, durften nicht weiter an Gewicht verlieren und noch schwächer werden, denn dann würden sie es nicht mehr bis in die antarktischen Gewässer schaffen, wo sie dank dem Überfluß an Krill ihre Kraftreserven würden auffüllen können. So versammelte er die Herde um sich und sagte: »Liebe Freunde, etwas Tragisches ist geschehen, und trotz all unserer Anstrengungen haben wir unseren verlorengegangenen Freund nicht wiedergefunden. Aber wir müssen weiter gen Süden ziehen, oder wir werden alle untergehen. Es ist das Gesetz der Natur, und wir müssen ihm folgen. Beten wir dafür, daß das verirrte Kalb seinen Weg finden möge.« Und an die unglückliche Mutter gewandt, fügte er hinzu: »Es tut mir leid, aber wir können nichts anderes mehr tun. Wir müssen unsere Wanderung fortsetzen.«

Die Mutter senkte den Kopf. Sie wußte, daß auch sie mit der Herde weiterziehen mußte, denn sie brauchten einander. In einem letzten verzweifelten Versuch, ihr Kalb zu finden, tauchte sie noch einmal empor, doch sie sah nur die unendliche Weite der leeren, ruhigen Oberfläche des Ozeans.

Der Rest der Herde war bereits in Richtung Süden aufgebrochen. Sie vergoß noch ein paar Tränen und beeilte sich dann, um die anderen einzuholen.

☆

Mehrere hundert Kilometer von der Herde entfernt trieb einsam und verlassen ein schwaches, verängstigtes Kalb. Als das gewaltige Schiff durch die Gruppe gefahren war, hatte der zu Tode erschrockene kleine Bulle nach Norden davonschwimmen müssen, um der Schiffsschraube auszuweichen und nicht auf grausame Weise ums Leben zu kommen. Das schlimmste war jedoch gewesen, daß er durch die vom Tanker verdrängten Wassermassen hin und her geworfen worden war und leicht das Heck des Schiffes gerammt hatte. Dadurch hatte er für eine Weile den Orientierungssinn verloren. In seiner Panik war er immer weiter von dem Tanker weggeschwommen. Damit hatte er sich jedoch mehr und mehr von der Herde entfernt, und weil auch seine Sinne in Mitleidenschaft gezogen waren, hörte er die anderen nicht rufen. Je schneller er schwamm, um seine Mutter zu finden, desto weiter entfernte er sich von der Herde. Und jetzt, nachdem die ganze Anspannung der Katastrophe abgeklungen war, hatte er nicht die leiseste Ahnung, wo er sich befand. Er tauchte auf und sah nur die unendliche Weite des Ozeans – nichts, was ihm gezeigt hätte, welche Richtung er hätte einschlagen müssen, um in den Schoß seiner Herde zurückzufinden.

Zwei Tage und zwei Nächte vergingen. Der wehrlose kleine Wal fühlte sich völlig verloren und hatte furchtbare Angst. Was soll ich nur machen? dachte er. Er wurde allmählich schwächer, und bei jedem Auftauchen spürte er, wie seine Kräfte schwanden. Darum blieb er schließlich langsam atmend an der Oberfläche, voller Angst und so einsam wie nie zuvor. Er versuchte zu singen, wie seine Mutter es ihn gelehrt hatte, in der Hoffnung, daß jemand aus der Herde ihn hören würde. Doch die Herde war weit, weit weg.

Vor lauter Traurigkeit hatte der kleine Wal gar nicht gemerkt, daß er in der dunklen Nacht in seichtes Wasser geraten war, über Felsen, die dicht unter der Meeresoberfläche lagen. Auf diesen, direkt unter ihm, saß eine Kolonie von Seesternen, die den Wal und seinen traurigen Gesang bemerkt hatten.

Einer der Seesterne näherte sich dem kleinen Wal.

»Was machst du hier so allein?« fragte er.

»Wer bist du?« fragte der Wal.

»Ich bin ein Seestern, und ich habe dich singen hören.«

Der kleine Wal vergoß ein paar Tränen. »Ich habe mich verirrt«, sagte er. »Ich war mit meiner Mutter und meiner Herde auf der Wanderung, als so ein Riesending uns fast umgebracht hat. Ich hatte solche Angst, daß ich so schnell ich konnte von dem gräßlichen Monster weggeschwommen bin, aber nach einer Weile habe ich gemerkt, daß ich mich verirrt hatte. Ich konnte die anderen nicht mehr finden.«

»Weißt du denn, wohin sie wollten?« fragte der Seestern.

»Ja und nein. Ich bin in den Tropen geboren, und irgendwann hat meine Mutter zu mir gesagt, es sei Zeit, in kältere Gewässer zu ziehen, wo es Nahrung im Überfluß gibt.«

»In kältere Gewässer?«

»Ja«, erwiderte der kleine Wal.

Das muß das Südliche Eismeer sein, dachte der Seestern. Er sah das schwache, verängstigte, einsame Kalb an und sagte: »Ich bin gleich wieder da. Warte auf mich! Ich werde dir helfen, deine Herde wiederzufinden.«

Der Seestern kehrte auf die Felsen zurück, wo sich die anderen Seesterne versammelten. »Ich muß euch verlassen«, sagte er.

»Wohin willst du denn?« fragten sie.

»Ich werde dem kleinen Wal helfen, nach Hause zu finden.«

»Du Dummkopf, du wirst sterben, wenn du in kältere Gewässer kommst.«

Doch der Seestern sprach zu seinen Freunden: »Ich weiß. Ich bin alt und müde. Ich habe ein wundervolles Leben gehabt, mich mehrmals gepaart und alles getan, was ein Seestern in seinem Leben tun soll. Jetzt werde ich noch etwas Besonderes tun, und das wird den letzten Wochen meines Lebens einen Sinn geben.« Mit diesen Worten löste er sich von dem Felsen und ließ sich auf den kleinen Wal zutreiben. Sanft saugte er sich mit seinen Füßen an dem Wal fest.

»Was machst du da?« fragte der kleine Wal.

»Verschwenden wir keine Zeit!« sagte der Seestern. Er kletterte an der weichen Haut des Wals entlang, bis er oben auf seinem Kopf saß, neben dem Blasloch. Er sah zum Himmel hinauf. Tausend Sterne funkelten in der wunderbaren klaren Nacht. Die Milchstraße und alle Sternbilder waren in ihrer ganzen Schönheit zu sehen. Aber der Seestern suchte nach vier bestimmten Sternen. Schließlich fand er sie.

»Siehst du da oben diese vier Sterne, die ein Kreuz bilden? Gleich links neben dem besonders hellen Stern.« Mit der Spitze eines seiner Arme wies er auf die Sterne.

Der kleine Wal starrte eine Weile an den Himmel.

»Ich sehe sie«, sagte er.

»Gut!« sagte der Seestern. »Diese Sterne zeigen dir, wohin du schwimmen mußt. Folge diesen Sternen, und du wirst deine Familie wiederfinden.«

»Bist du sicher?«

»Ja«, sagte der Seestern. »Und zwar jede Nacht, egal ob früh oder spät und in welcher Jahreszeit!«

Der kleine Wal lächelte. »Danke«, sagte er. »Glaubst du, ich werde meine Herde finden?«

»Natürlich«, sagte der Seestern. »Ich begleite dich.«

»Und was ist mit deiner Familie?« fragte der Wal. »Wird sie dich nicht vermissen?«

»Ich habe keine Familie mehr«, sagte der Seestern. »Sie sind alle gestorben, als ein Riesenschiff, so wie das, das euch begegnet ist, etwas Gräßliches ausgekippt hat: Das hat alles Leben auf unseren Felsen zerstört. Außer mir hat keiner überlebt.«

Drei Wochen lang ließen sich der Seestern und der kleine Wal vom Kreuz des Südens leiten, das hoch am Nachthimmel strahlte.

Der kleine Wal war jetzt wirklich sehr schwach und kurz davor aufzugeben. Das Wasser wurde immer kälter, und die Nächte wurden immer kürzer, denn im Süden stand der Sommer bevor.

»Ich glaube, ich schaffe es nicht, Seestern«, sagte der kleine Wal.

»O doch, du schaffst es«, sagte der Seestern. »Zusammen werden wir es schaffen. Deine Herde kann nicht mehr weit entfernt sein. Gib nicht auf!«

Der kleine Wal schwamm weiter, aber er

wurde immer langsamer. Er hatte fast keine Kraft mehr, und da von der Speckschicht, die ihn gegen das eiskalte Wasser schützte, nicht mehr viel übrig war, wurde sein Körper allmählich taub. Ich werde es nicht schaffen, dachte er.

Auf einmal hielt er inne. Er meinte, etwas gehört zu haben, und verharrte reglos lauschend. Einige Zeit verging – dann hörte er es erneut. Er vernahm ein Stöhnen, Grunzen, Piepsen und Pfeifen. Das war das Lied seiner Herde. Da fing er selbst an zu singen, versuchte, mit ihr Kontakt aufzunehmen. Er sang mehrere Stunden lang, ohne eine Antwort zu bekommen. Völlig erschöpft verstummte er schließlich und wartete auf den Tod.

Sie kamen am Morgen, zwei kräftige Männchen und ein Weibchen. Sie sahen den kleinen Wal an der Oberfläche des unendlichen Ozeans treiben. Das Schlimmste befürchtend, schwamm das Weibchen heran.

Es berührte den kleinen Wal sanft mit der Flosse, und er wachte auf.

»Mama!«

»Ja, ich bin es«, sagte sie. »Ich freue mich so, dich zu sehen! Ich dachte, du wärest tot!« Dann beugte sie sich zu ihrem Kalb hin, damit es so viel Milch trinken konnte, wie es brauchte, um wieder zu Kräften zu kommen.

Nach einer Weile fühlte der kleine Wal sich wieder stärker und lebendiger.

»Der Seestern hat mir das Leben gerettet«, sagte er. »Danke, Seestern. – Seestern?«

Die Mutter starrte den Seestern an, der auf dem Kopf des kleinen Wals saß.

»Er ist tot, mein Sohn«, sagte sie. »In dem kalten Wasser hier kann er nicht leben.«

»Warum ist er dann mitgekommen?«

»Er fand es wohl wichtiger, dein Leben zu retten als sein eigenes.«

Der kleine Wal hob den Seestern mit seiner Schwanzflosse liebevoll in die Höhe.

»Danke, mein Freund«, sagte er. »Ich werde dich niemals vergessen.«

»Es ist Zeit zurückzuschwimmen«, sagte eines der Männchen.

Der kleine Wal sah den Seestern noch ein letztes Mal an, dann ließ er ihn langsam auf den Meeresgrund sinken.

Er schwamm zu seiner Mutter, und alle vier wandten sich in Richtung Süden, wo die Herde ihre Futtergründe gefunden hatte.

In jener Nacht geschah etwas Merkwürdiges. Als das Kreuz des Südens am Himmel erschien, hatte es nicht nur vier Sterne, sondern fünf.

Mit diesen Worten beendete die Mutter ihre Erzählung. Der kleine Buckelwal sah noch einmal zum Kreuz des Südens hinauf. Der fünfte Stern leuchtete schwächer als die anderen, aber auf einmal erschien er ihm strahlend hell.

»Es ist, als hätte das Kreuz ein Herz«, sagte der kleine Wal.

»Ja«, sagte die Mutter. »Jetzt hat es ein Herz.«

6

Vor längerer Zeit habe ich einmal den Dalai Lama im Fernsehen gesehen.

Er gab eine Pressekonferenz, bei der er über die traurige Situation in Tibet sprach, über all die Demütigungen und das Leid, die seiner Nation von der kommunistischen Regierung Chinas zugefügt worden waren.

Als die Konferenz zu Ende ging, fragte ein Reporter den Dalai Lama: »Und wo liegt Ihrer Ansicht nach die Lösung?«

Der Dalai Lama lächelte wie meist und sagte dann: »*Lerne, jedes Insekt zu achten, und du wirst gelernt haben, die Welt zu achten.*«

Ich bin kein Buddhist. Doch die Weisheit seiner Worte hat mich etwas sehr Wichtiges erkennen lassen. Wenn wir lernen können, ein Wesen zu achten, das die meisten Menschen mit Abscheu erfüllt, dann sollte es uns nicht schwerfallen zu lernen, alle Menschen und Tiere auf der Welt zu achten.

Das Leben geht weiter

An einem Mittwoch abend kam ich nach einem langen Arbeitstag nach Hause.

Es war Hochsommer, und so schien, obwohl es schon Abend war, die Sonne immer noch warm in meine Wohnung am Meer. Ich zog die Schuhe aus, schenkte mir ein Glas Eistee ein und saß eine Weile im Wohnzimmer, wo ich das Meer in seiner ganzen Pracht bewundern und mich endlich ausruhen konnte.

Es war einer jener Tage gewesen, an denen man dermaßen in die Arbeit vertieft ist, daß man gar nicht merkt, wie die Zeit vergeht – einer jener Tage, an denen das Wort Zeit jede Bedeutung verliert. Sie vergeht einfach, und zwar schnell.

Ich versuchte, mich nach dem langen Tag zu entspannen. Also nahm ich ein Buch zur

Hand, das ich am Abend zuvor zu lesen begonnen hatte, zündete mir eine Zigarette an und machte es mir bequem.

Ich hatte wohl fünf oder zehn Minuten gelesen, als mir in einer Ecke des Zimmers ein dunkler Fleck auffiel. Ich konnte nicht erkennen, was es war, so daß ich aufstand und hinging, um ihn mir anzusehen.

Ich war erstaunt. Ein riesiger Nachtfalter lag dort völlig reglos auf dem Boden, in einer Ecke, in der er vor der Meeresbrise, die durch die offenen Fenster hereinwehte, geschützt war.

Es war ungewöhnlich, daß sich der Nachtfalter diesseits der Glastür befand und nicht draußen auf dem Balkon. Warum ist er hereingekommen? fragte ich mich.

Ich betrachtete ihn genauer. Er war wirklich sehr groß, acht oder zehn Zentimeter lang. Auf seine braunmarmorierten Flügel waren zwei vollkommene gelbe Sterne gemalt.

Seit meiner Kindheit hatte ich gelernt, daß man Nachtfalter entfernt. Sie sind unheimlich und bedeuten nichts Gutes. Bestenfalls sind es lästige Viecher. Ich ging näher heran, bereit, den Falter zu packen und in den Müll zu werfen.

»Paß auf, mit welchen Augen du die Welt betrachtest, denn die Welt wird genau so aussehen, wie du sie ansiehst.«

Ich hielt inne. Wer hatte das gesagt? Ich war allein. Hatte ich wirklich eine Stimme gehört, oder war das Einbildung gewesen?

Ich bewegte mich wieder auf das scheußliche Insekt zu, bereit, es ein für allemal zu beseitigen.

»Begreife, was du vor dir siehst, und das Verborgene wird dir offenbar werden.«

Jetzt wurde mir ein wenig bange. Woher kam diese Stimme? Hatte ich so viel gearbeitet, daß ich anfing zu halluzinieren?

Nach ein paar Minuten hatte ich meine Fassung zurückgewonnen. Wieder näherte ich mich dem Nachtfalter, aber diesmal nicht, um ihn wegzuwerfen, sondern um ihn mir näher anzusehen. Er zitterte, und von der Größe und seinem Aussehen her schien er sehr alt zu sein. Warum lag er hier hinter der Glastür, wo die frische Brise nicht hinkam? War er kurz davor zu verenden und hatte verzweifelt nach einem Platz gesucht, wo er sich ausruhen und in Frieden sterben könnte?

Diesmal wagte ich mich ganz nah heran und berührte den Falter. Er lebte noch, konnte sich jedoch kaum noch bewegen. Er tat mir sehr leid, und ich versuchte mir vorzustellen, wie das Leben eines so seltsamen Wesens ausgesehen haben mochte. Aber ich war müde, und das einzige, was mir einfiel, war, ihm einen kleinen Teller mit Wasser vor seinen eingerollten Rüssel zu stellen. Vielleicht würde ihm das helfen, wieder zu Kräften zu kommen.

Danach griff ich wieder zu meinem Buch und dachte nicht mehr an den Falter. Ich las noch ein paar Stunden lang, bevor ich beschloß, ins Bett zu gehen.

Ich schlief sofort ein.

✲

In jener Nacht hatte ich einen seltsamen Traum. Ich ging barfuß durch einen herrlichen Wald mit hohen Bäumen von allen möglichen

Arten. Eine sanfte Brise liebkoste mein Gesicht, und eine strahlende Sonne wärmte mir das Herz.

Während ich so durch den Wald spazierte, sah ich plötzlich vor mir einen großen Schmetterling fliegen. Ich blickte genauer hin. Ich traute meinen Augen nicht. Es war der Nachtfalter aus meinem Wohnzimmer! Aber dieser Nachtfalter war quicklebendig, segelte sachte in dem lauen Wind.

»Hallo«, sagte er.

»Hallo«, erwiderte ich.

»Ein großes Herz braucht nicht viel, um sich zu nähren«, sagte er.

»Du bist der Nachtfalter aus meinem Wohnzimmer.«

»Ja.«

»Aber du sahst so schwach und gebrechlich aus. Ich dachte, du würdest sterben.«

»So ist es auch«, sagte er. »Dies ist ein Traum, und in einem Traum ist alles möglich. Sogar, sich mit einem Nachtfalter zu unterhalten.«

»Woher weißt du das?« fragte ich.

»*Weisheit findet man nicht durch Lehren oder Meister, sondern in dem offenen Buch des Lebens*. Und ich habe ein langes und schönes Leben hinter mir.« Der Nachtfalter ließ sich zart auf meiner Schulter nieder. »Ich muß dich um einen Gefallen bitten«, sagte er.

»Was denn für einen Gefallen?« fragte ich.

»Ich möchte in dieser Welt noch ein letztes Mal zu etwas nutze sein. Wenn du morgen früh aufstehst, wirf mich nicht in den Müll. Leg mich irgendwohin, wo ich noch zu etwas gut bin.«

»Aber wozu soll denn ein toter Nachtfalter gut sein?« fragte ich.

»*Dein Leben ist ein Geschenk des Universums. Aber was du mit deinem Leben machst, wird dein Geschenk an das Universum sein.*

Es ist Zeit, daß du schlafen gehst«, sagte der Nachtfalter. »Danke, daß du meinen Traum mit mir geteilt hast.« Dann flog er davon und verschwand in der Ferne. Und währenddessen hörte ich eine Stimme, die genau wie jene klang, die ich am Abend zuvor in meinem Wohnzimmer vernommen hatte: »*Das Leben geht weiter* ...«

Am nächsten Morgen wachte ich früh auf. Ich fühlte mich wunderbar ausgeschlafen und voller Energie.

Ich stieg aus dem Bett, duschte und kochte mir einen Kaffee. Der frisch gebrühte Kaffee verströmte einen köstlichen Duft.

Dann holte ich mir die Tageszeitung, die vor der Tür lag, und setzte mich ins Wohnzimmer, um sie zu lesen. Ich wollte sie gerade aufschlagen, als mir mein Traum einfiel. Sofort sah ich in die Ecke hinter der Glastür.

Der Nachtfalter lag immer noch da. Ich stand auf und betrachtete ihn.

Er war tot.

Eine ungewöhnliche Traurigkeit überkam mich, und ich spürte einen Kloß im Hals. Warum? Es war doch nur ein Nachtfalter.

Ich trat auf den Balkon und blickte hinaus aufs Meer, während ich meinen Kaffee trank.

Als ich ihn ausgetrunken hatte und wieder hineingehen wollte, fiel mein Blick auf einen der Blumentöpfe, die ich dort stehen hatte. Eine meiner Pflanzen war seit einiger Zeit krank, und all meine Versuche, sie mit Düngemitteln oder Vitaminen wieder aufzupäppeln, waren gescheitert. Ich beschloß, ihr noch eine letzte Chance zu geben, holte Wasser und goß es auf die Erde.

Als ich ins Wohnzimmer trat, fiel mir der tote Nachtfalter ein. Vorsichtig hob ich ihn auf und ging in die Küche, wo ein kleiner Plastikmülleimer stand. Ich wollte ihn gerade hineinwerfen, als mir die Worte aus meinem Traum in den Sinn kamen: »Wenn du morgen früh aufstehst, wirf mich nicht in den Müll. Leg mich irgendwohin, wo ich noch zu etwas gut bin.«

Zu etwas gut? Wozu konnte ein toter Nachtfalter gut sein? Was sollte ich mit ihm anfangen?

Ich wußte nicht, was tun, darum tat ich das erste, was mir einfiel. Ich ging mit dem Nachtfalter auf den Balkon und legte ihn auf die feuchte Erde in dem Topf mit meiner kränkelnden Pflanze. Fragen Sie mich nicht, warum. Ich habe es einfach getan.

An jenem Tag ging ich wie immer zur Arbeit. Doch der Nachtfalter ging mir nicht aus dem Kopf. Der Traum war so real gewesen. Genau wie die Stimme, die ich am Abend zuvor gehört hatte.

Was ging mit mir vor?

✵

Ich arbeitete bis tief in den Abend. Ich war erschöpft, und als ich nach Hause kam, war es bereits sehr spät. Das einzige, was meine Stimmung auf dem Heimweg hob, war der herrliche Vollmond, der mir Gesellschaft leistete. Er war leuchtend gelb und riesengroß. Der Nachthimmel war übersät mit Tausenden von Sternen. In einer solchen Nacht, dachte ich, könnte ein Wunder geschehen.

Schließlich kam ich zu Hause an. Ich öffnete die Wohnungstür und wollte direkt ins Bett gehen. Ich war völlig erschlagen.

Ich holte mir noch ein Glas Milch aus der Küche, dann ging ich direkt in mein Schlafzimmer. Gerade wollte ich das Licht löschen, als etwas auf dem Balkon meine Aufmerksamkeit erregte. Ich schob die Glastür auf und trat hinaus.

Es verschlug mir den Atem.

Die sterbende Pflanze, die ich in der vorigen Nacht so teilnahmslos gegossen hatte, war wie verwandelt. Der kraftlos herabhängende Stengel stand wieder aufrecht und stramm. Die verwelkten Blätter waren jetzt fest und leuchtend grün, und in der Mitte waren aus dem Nichts zwei gewaltige, flügelförmige Blüten hervorgeschossen, die wie zwei gelbe Sterne zum magischen Licht des Vollmonds hinsahen.

Ich war sprachlos. Dann fielen mir die Worte des Nachtfalters ein:

»Paß auf, mit welchen Augen du die Welt betrachtest, denn die Welt wird genau so aussehen, wie du sie ansiehst. Begreife, was du vor dir siehst, und das Verborgene wird dir offenbar werden.«

Du hattest recht, mein lieber Nachtfalter, dachte ich. *Das Leben geht weiter.* Niemand und nichts stirbt. Der Tod ist nicht das Ende von etwas, sondern nur der Anfang von etwas Neuem.

2003
2006
2007
2008
2022
2023
2024

Der Vollmond schien so hell auf meinen Balkon wie noch nie. Ich wußte, daß er meiner Meinung war. Ich trank meine Milch und ging zurück ins Schlafzimmer. Ein strahlendes Lächeln lag auf meinem Gesicht. Morgen früh würde ein neuer Tag beginnen.

Ein Tag, an dem ich versuchen würde zu begreifen, was ich vor mir sah, auf daß meinem Herzen das Verborgene offenbar würde.

Sergio Bambaren – Die Geschichte eines Träumers

Sergio Bambaren Roggero wurde am 1. Dezember 1960 in Lima, Peru, geboren, wo er auch die britische High-School absolvierte. Bereits von frühester Kindheit an war er fasziniert vom Ozean, der untrennbar mit dem Stadtbild Limas verbunden ist. Diese Liebe zum Wasser sollte ihn für den Rest seines Lebens entscheidend prägen und ihm unter anderem den Anstoß geben, sich auf das Abenteuer eines Lebens als Schriftsteller einzulassen.

Seine Freude am Reisen und seine Begeisterung für andere Länder führten Bambaren in die USA, wo er an der Texas A&M University Chemotechnik studierte, ein Gebiet, das ihn sehr interessierte – doch seine große Liebe war und blieb der Ozean. Um so oft wie möglich seiner Leidenschaft, dem Surfen, frönen zu können, reiste er mit Vorliebe in Länder wie Mexiko, Kalifornien oder Chile.

Schließlich entschied Bambaren sich, nach Australien, genauer nach Sydney, auszuwandern, wo er als Verkaufsleiter arbeitete. Auch von der neuen Heimat aus unternahm er viele Reisen, u. a. nach Südostasien und an die afrikanische Küste – immer auf der Suche nach der perfekten Welle.

Nachdem er einige Jahre in Sydney gelebt hatte, legte Bambaren ein *sabbatical,* d. h. einen Forschungsurlaub, ein, um nach Europa zu reisen. In Portugal schließlich, an einem herrlichen Strand, eingerahmt von Pinienwäldern, fand Bambaren einen ganz besonderen Freund und erkannte, welchen Weg im Leben er zu gehen haben würde: Ein einsamer Delphin inspirierte ihn dazu, sein erstes Buch, »Der träumende Delphin. Eine magische Reise zu dir selbst«, zu schreiben.

Als er wieder nach Sydney zurückkehrte, erhielt Sergio Bambaren ein Angebot von Random House Australia, seinen Roman zu verlegen, doch er schlug es aus, da er das Gefühl hatte, die Änderungen, die der Verlag vornehmen wollte, würden den Inhalt und die Botschaft seines Buches zu sehr verändern. Er entschied sich 1996, sein Buch im Selbstverlag herauszubringen.

Diese Entscheidung veränderte Sergio Bambarens Leben grundlegend: Er verkaufte in Australien mehr als 60 000 Exemplare von »Der träumende Delphin«. Der Traum, ein Leben als Schriftsteller zu führen, begann endlich Form anzunehmen.

»Der träumende Delphin« wurde in 25 Sprachen übersetzt, u. a. in Russisch, Kantonesisch und Slowakisch. In Deutschland steht der Titel seit Jahren auf der Bestsellerliste. Ähnlich gute Ergebnisse erzielte er u. a. in Lateinamerika und Italien. Ebenso begeistert wurden auch seine anderen Bücher aufgenommen: »Ein Strand für meine Träume«, »Das weiße Segel«, »Der Traum des Leuchtturmwärters«, »Samantha«, »Stella«, »Die Botschaft des Meeres«, »Der kleine Seestern«, »Die Rose von Jericho« und »Die Blaue Grotte« wurden in vielen Ländern zu großen Erfolgen.

Sein großes Interesse am Ozean und sein Anliegen, sämtliche Walarten zu schützen, machten ihn zum idealen Kandidaten für den Posten des Vizepräsidenten der ökologischen Organisation »Mundo Azul« (Blaue Welt). Seither bereist Sergio Bambaren im Auftrag dieser Organisation die verschiedensten Länder mit dem Ziel, die Ozeane und ihre Lebewesen zu erhalten. In Zusammenarbeit mit »Dolphin Aid« setzt er sich mit Therapieformen auseinander, bei denen der Kontakt von behinderten Kindern zu Delphinen für bessere Heilungschancen sorgen soll.

Sergio Bambaren lebt zur Zeit wieder in seiner Heimatstadt Lima, Peru, von wo aus er, wenn er gerade nicht reist, am liebsten surfen geht – umringt von Delphinen mit den Wellen eine Einheit zu bilden gibt ihm die Inspiration und Energie, weiterhin für all diejenigen zu schreiben, die wie er irgendwann in ihrem Leben beschlossen haben, nach dem Motto zu leben »Laß dich nicht von deinen Ängsten daran hindern, deine Träume wahr zu machen!«

Inhalt